人生の請求書

石橋幸子

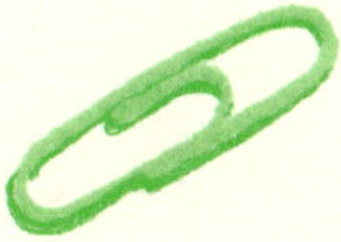

春風社

人生の請求書

Ⅰ

Ⅱ

Ⅲ

I

くっついて離れない

母の名は〝いち〟という。大正三年、六人姉弟の総領として生まれた。今年八十八歳になる。足腰は弱っているが、いたって元気だ。

貧農の出身。小学校もろくに出ていない。子どもの頃から、農業を手伝う傍ら弟や妹の世話をしたという。文字は書けるがカタカナだけ。

親の言いなりで結婚した相手は漁師だったが、ぐうたらで内気、世間のつきあいもろくに出来ない男だった。近所から軽く扱われていたようだ。結婚したての頃はそんな夫が嫌で嫌でたまらず何度も実家に泣いて帰った。が、そのつど親に説得され元の鞘に収まったそうな。

「おれがバカだったたぁだよ。別れていれば、おめえたちにこんな苦労をかけずにすんだのに…」と愚痴るのが母の常だった。

大げさでなく、父はまったくもってそんな人だった。昨日はどこが痛い今日はここが痛いと毎日寝てばかり。夕方になると子どもを酒買いにやらせ大酒を呑む。呑んでは暴れる。普段母に頭が上がらなかったぶんか、暴力をふるう。

記憶のなかの母はいつも働いている。まだ暗いうちから起きて家事をする。電化製品がない頃だから全部手作業だ。子どもを学校へ送り出し、その後漁場で働く。四十年間、不景気で職場が閉鎖するまで勤めた。夕方帰れば、食事の支度と子どもの世話が待っている。一家七人の家計はほとんど母の働きで賄なわれた。


子どもたちは父と母を見ながら、その裏の「男」と「女」を同時に感じて育った。不幸な結婚生活を送る親元で暮らす子どもらは、異性とのつきあいが晩生《おくて》だった。

気が強く涙もろくしっかり者の母。歳とともに自分が母と重なっていることに気づく。頑張ってしまうぶん男にきつくなり、甘えさせてしまう。いや反面教師となりぐうたらな男を選ぶのを戒めてきた。そのせいか、未だにひとり身だ。

数年前、苦労のし通しだった母に身軽な私と妹で実家を新築、プレゼントした。水洗で座れるトイレと、からだ全部を横にできる風呂がうれしいらしい。実家から二、三十分のところに嫁いだ姉たちはしじゅう遊びにくる。若い頃頼りなかった兄は、今、母をひとりの稼ぎで支えている。

特別の用事がない限り、正月と盆には田舎に帰る。帰省しなかったのは海外旅行と重なったとき、乳がんのため入院していたときだけ。実家は鈍行でも三時間で着いてしまうが、かといってしょっちゅうは帰らないようにしている。私の原点でもある母に寄りすぎて崩れそうになるのがこわいためか。

今年の盆も妹と帰省した。会うたび母は小さくなっていくようだ。

「夕食は何にしようかねえ」

「冷蔵庫に何かあったかな」

「そうめんは」

やがて、そうめんと簡単な野菜炒め、おしんこが食卓に並ぶ。

「あらら。くっついて離れないよ…」

箸を片手に笑い合う母と娘二人。蝉が鳴いている。夏も終わりに近づいているようだ。

ケータイ電話の死

恋人が死んだ。

私に何のメッセージも遺さずに逝ってしまった。

ある夜更けケータイが鳴った。友人の声は静かだった。

「Aさんが死んだよ」

「……。そう」それしか言えなかった。友人の方が気を遣っていた。日中電話したら、私が取り乱すのではと、夜まで待ったらしい。

涙はでなかった。電話がきれたあと、ベッドに腰かけ、しばらくじっとしていた。

いつ死んだのだろう。そのとき私は何をしていたのだろう。大声で笑っていたのだろうか？

それとも、ひとり寂しく街を歩いていたか？　お客さんから仕事をもらうために熱弁をふるっているときだったかもしれない。

ひとつだけ思いあたる節がある。

二週間ほど前のこと、ケータイが鳴った。通話ボタンを押したが、相手は何も言わずにじっとしている。もしもし、と言っても応えがない。しばらく待って私はケータイを切った。三十分くらいの間にそれが五、六回続いた。

そのときはイタズラ電話と思ったけれど、今となっては、あの電話があの人の最後のメッセージだったかもしれないと思えてくる。

着信記録を調べてみる。「あった！」元をたどっていけば、あの人の最期と一致するかもしれない。

しかし、そうだとしても、それが何になるだろう。私へのサヨナラであって欲しいのか？

私はまた思う。何になるだろう…。私はこれからも生きなければならないのだ。

五年ものあいだ続いた人だった。私には仕事もあり、何が何でも結婚する必要はなかったし、しなくてもよい人だった。面白みに欠けるけれど、私のことは、このままずっと心変わりせずに好きでいてくれる、そう思わせる人だった。いっしょにいて楽だったし、安心できる人だった。このまま私はこの人とずっとつきあっていくのだろうと思っていた。


冥福を祈るということはどんなことだろう。私自身無宗教で、お葬式もいらないし、お墓も興味ないという考えだから、「死」が実感としてわいてこない。

私は気丈なのだろうか?

冷たいのだろうか?

それとも、ただそれだけの間柄だったのか?

部屋には火をつけないお線香を灯している。見えないあかりにときどき手を合わせる。

　私にとってあの人は何だったのか。あの人との五年間は何だったのか。無理に答えをみつけたがる私がいる。

〈ほんとう〉の私って？

円地文子の作品を好んで読んでいた時期がある。もうだいぶ昔のことだ。その中に「めがねの悲しみ」という一篇があって今も記憶にのこっている。「自分は子どもの頃から目千両と言われ続けてきた。年齢になり眼鏡をかけることになったが、自慢の目がめがねの奥にかくされてしまった」

四十代の半ばにエイと決心して老眼鏡をつくった。円地文子の心情が初めて身体で理解できた。

とは言うものの、メガネ屋で好みのフレームをあれこれ選ぶのはたのしいことだった。レンズを決める検眼士とのやりとりも新鮮な体験だった。「あなたは乱視が強いのでこのへんにしましょう」と言われ、よく判らないなりに妥協して決めた。

新品のメガネをかけて鏡に自分の顔を映してみる。顔を近づけたり、遠ざけたり。今度はメガネをとって鏡を覗いてみる。また近づける。遠ざける。四通りの顔がそこに映し出されてどれがほんとうなのか目がくらむようだ。

そもそもこれまでだってほんとうの顔は見えていたのか。見えていると思っていたのは錯覚だったかもしれないではないか。永久に〈ほんとう〉は見えないのかもしれない。打ちのめされた。

押し入れの中を整理していたら、奥から一冊のスケッチブックがでてきた。レザック紙の表紙に、「私」とマジックで黒々と書いてある。見えない〈私〉を縁取っている。開いてみる。うす黄色くなった原稿用紙に詩が書いてある。

私

この私なのに

自分のことは何も分りません
分ったつもりでいても
それは、ほんのうわべだけにすぎないのです
他人のことも何も分りません
分ったつもりになっても
それは、思いあがりにすぎないのです
ましてや
人生のことなど
何も分りません
でも、知ろうと努力していきます
それには
まず
自分自身を知ることでは…

末筆に 48.6.2 となっていて、その後のページは新聞の切り抜きが貼ってあっ

たり、コンサートのチケットが貼ってあったり。

あの頃と今の私は変わったろうか。


会社に新人が何人も入ってきた。若い頃の自分と較べると覚えの早さに雲泥の差があって驚かされる。この人たちに自分が教えられることは何だろう。仕事の技術だけだと淋しいけれど、それ以上のことを教えようとすれば難しい。自分でも判らないというのに…。

昼休み。アルバイトの二十九歳の学生に疑問をぶつけてみた。

「あなたが求めているものは何？」

彼は答えた。「愛…です」

それを聞いていた上司が言った。「ぼくは真実だな」

「愛」と「誠」？

私は何だろう？　メガネをかけたり外したりしながら毎日キョロキョロしている。

ずっと片想い

久しぶりに恋愛話で盛り上がる。若い女性と飲みに行ったときのこと。同世代の中年女性といっしょではこうはいかない。話題はいつしか老後と介護の話に移っているだろう。

私が「好かれるより好きになる方がいい…」と言うと、「私もなんです！　一緒ですね」とうれしそう。いいなと思っている人に「気がある」そぶりを見せられると、気持ちが失せて鬱陶《うっとう》しくなると。

若い子なら先があるからそれでもいいけれど、そんなゲームを愉しんでいる余裕があるんですか、とそばにいた男性にさとされた。「それじゃいつまで経ってもまとまらないでしょ」と。そのとおり。だからいい齢して、どころか老後の心配をしなければならないこの歳になっても未だにひとり。

ほんとうの恋愛にめぐり合っていないのだと言われれば返す言葉がない。大方の人は自分の年齢を考え、うっすらと老後に想いを馳せ、どこかで現実に折り合いをつけながら適当な人と結婚する、のではないか。そして折り合いをつけながら愛情を育み平凡な生活をまっとうしていく、のではないか。が、私はその折り合いの付け方を知らない。できない。不器用なのだと思う。

そんな自分を案じ、三十代初めの頃マンションを購入し、自立を目指した。まあまあその通りになった。

『せつない話』という本がある。山田詠美が編著者で、林真理子、村上龍、阿川佐和子など錚々たる作家が書いた短編のアンソロジー。書名に惹かれすぐに買って読んだ。どれも面白く、時の経つのを忘れた。評判がよかったのか『せつない話2』も出た。それもよかった。どうしようもない思い、努力をしても報われない片思いの話ばかりだが、読んだあとはすっきり。

自分を幸せでも不幸でもないと思う。わが身を嘆いたこともない。ただ、今より幸せになりたいとも希《ねが》っている。

でも満ち足りた幸せは性に合わないし落ち着かない。いつも切ない思いをしていたい。それが唯一の私の生の実感だからだ。

どうせだますなら

出張の夜。名古屋のビジネスホテル。テレビを観ていたら、バーブ佐竹が亡くなったというニュースが流れた。バーブ佐竹？　久しく忘れていた。四十年ほど前、彼の歌が大流行した。テレビを観ていた母が「あんつう（なんて）助平ったらしい男だあやぁ。唄は上手いけど…」と言った。それがバーブ佐竹だった。私も、なんてイヤラシイ顔の男なんだと思った。今なら誰も信じてくれそうにないが、あの頃の私は本当に潔癖な少女だった。

しかし、彼の歌の一節は私の身体に深くのこった。ひょんな時にそれが顔を出し、隠れ、また顔を出す。「女心の唄」というタイトル。「どうせ私をだますなら、だまし続けてほしかった…」

あれは名言だったと思う。

中世文学の研究者と話をしていた時、「物臭太郎」の話題になった。久しく忘れていたのに、矢も盾もたまらなくなり、近所の図書館へ向かった。『御伽草子』に入っている話だ。パソコンで検索したら数十冊ヒットした。

面白い！　少女の頃読んだ物語が生き生きとよみがえった。

物臭太郎は少女の私にとって憧れの的だった。なんといっても彼の「物臭」は半端じゃない。乞食同然で毎日毎日なにもせず寝転んでばかりいる。近所の人から時々食べ物を恵んでもらいながら、なんとか生きている。食べようとしたおにぎりが手から離れ転がっても、拾うのが億劫《おっくう》だ。拾ってくれる人が現れるまで空腹を我慢する徹底ぶり。

少女期、ゴロゴロ寝てばかりいる私をみて、母が呆れ顔で言った。

「物臭太郎になっちゃうよ！」

そんなことを言われても私は平気だった。どうしてか？　物臭太郎はやがて美しい妻を娶《めと》り、国の重要なポストにつき、晩年は幸せに暮らしたからだ。めでたしめでたし。

この物語は、何も特別なものをもちあわせない少女に、「大器晩成」という夢があることを教えてくれた。ただし、私と違うのは、物臭太郎が実は由緒ただしい生まれだったということ。

「物臭太郎」がきっかけになり、有名な昔話を選び何冊か読んだ。誰が読んでも面白い物語は決まっているらしく、いろいろな書物に同じ話が載っている。が、編む人の意図により微妙なニュアンスの違いがあり、その意図を想像しながら読むのも面白い。

特別の楽しみをもたぬ庶民は、数百年もの間昔話を語り継ぎ、物語を作りながらしばし至福の時を過ごしてきたのだろう。

しかし、クソ！　私を本気でだましてくれる男はどこかにいないものか。物語の「語る」は「騙る」に通じているという。だましつづけてくれる男のいないまま、今日も図書館に走る。

バラと捨て猫

深夜、眠れないままにつけたテレビで映画を見ていた。パリの下町を舞台に、逃げた猫をそれまで交流のなかったご近所同士があたふたしながら探す。人の機微は花の都も日本も変わらないんだと面白かった。タイトルは『猫が行方不明』。

五、六年前になる。駅までの道すがら、空き地だったところにまわりと一線を画すような瀟洒な家が建った。どんな人が住んでいるのかと前を通る度に気になったが、そのうちご主人が家の前でゴルフの素振りをし、後ろ姿の楚々とした婦人が庭で花木の手入れをするのを見かけるようになった。翌年ピンク、白、赤、黄色の見事なバラの花が屋敷全体を覆い尽くすように咲きそれは美しい。私はひそかにバラ屋敷と呼ぶようになった。

しばらく経ったある朝のこと。いつものように屋敷の前を通りかかったら、バラの中からミャオミャオとかぼそい声がする。姿は見えない。何日かして塀の前に両手にすっぽりと入ってしまうくらいの小猫がうずくまっていた。捨て猫らしい。


私が幼少の頃、実家では猫をかっていた。真っ白でとても器量良しの猫だった。尻尾が下につくくらいに長かった。外で喧嘩をしては尻尾をかじられて帰ってきた。治るとまたかじられる、の繰り返し。妹は大の猫好きで私と一緒の寝床に猫を引っ張りこんで可愛がった。

私は猫が大嫌いだった。いや正確に言うと嫌いというより怖い。あの深い目でじいっと見られると本質をみすかされるようで目をそらしたくなる。ふさふさしたその毛は触ると下にどんどん沈んでいってもっちりとした肉の塊に到達するようで、得体の知れない恐怖心がわく。猫が自分の身体にふれそうになると鳥肌がたった。あんなに怖かったのに一緒に暮らしていたのが不思議だ。

上京し一人暮らしをするようになった先々に、どういうわけか猫好きのお隣さんがいてまわりに猫が集まった。アパートの部屋の前に猫が寝そべっているともう近寄れない。しばらく近所をウロウロしては、いなくなったのを見計らって部屋に帰った。またある時期住んだアパートでは、すぐ近くに魚屋があり餌を求めて猫が集まった。大家さんに部屋を解約したいと申し出たら、入って間もないのにどうしたのと聞かれ、猫のせいだとも言えず言葉に窮した。いい大家さんで世話になったのに私は引っ越した。友人は、猫の方があなたを怖がっているのにとあきれた。

バラ屋敷の捨て猫は自分の身の上を知ってか知らずか処世術が身につかないようだ。餌をあまり食べていないのか大きくならない。仲間もできない。猫の世界はバラ屋敷のまわりだけのようだ。夕方はどこかに消えるがそれ以外はいつも同じ場所でじっとしゃがんでいる。

やがて猫は通りすがりの人から可愛いがられるようになった。話しかけられ、身体をなでられて気持ちよさそうな顔を見せる。人慣れしてきたのを見てほっとした。そのうち夜遅くになっても姿を見るようになった。可愛がってくれる人がくるまで待っているようだった。

暮れも押し迫った頃、深夜遅く屋敷の前を通りかかると、いつもの猫がいる。こんな遅くにどうしたのだろう。可愛がってくれる人がまだこないのかな？私が横切ろうとしたらミャオと寄ってきた。私はとっさに駆け出した。なおもすがるように追いかけてくる。「私はあなたの友達じゃないのよ」「私は猫が嫌いなの！」一目散に逃げた。

正月になり私は帰省した。一週間ぶりに屋敷の前を通ったが、あの猫はいなかった。翌日も。そしてその翌日も。五月のバラの季節になったのに猫はいない。

II

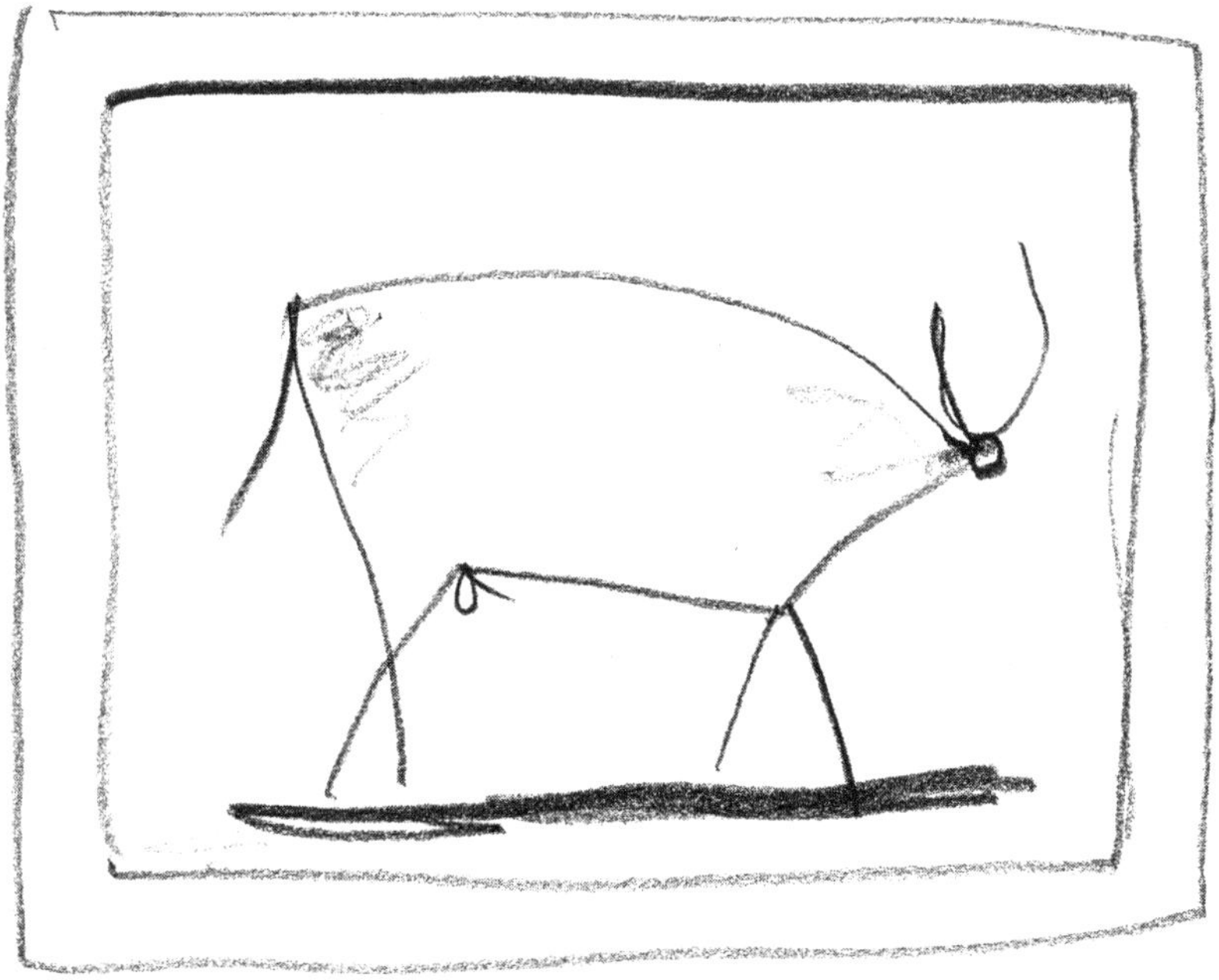

ガンダヤの娘

だらだらと日を過ごす。休日、予定がなければホッとしウキウキする。何をするわけでもない。飽きるほど寝て、目がさめればそのときの気分で、本を読んだり近所を歩いたり美容院へ行ったり。ひとりがいい。さびしくもない。

働きはじめて以来、いわゆる高度成長期のまっただ中をくぐってきたことになる。何でも前向きに積極的にプラス思考で。手帳の休日が空欄のままだと不安に駆られた。あの頃は友だちも大勢いた。それがいつの間にか、仕事以外ほとんど何もない日を過ごすようになっている。これは地なのか？　それとも「血」なのか？

父はぐうたらだった。仕事はほとんどせずに毎日寝転んでいた。キセルの音がときどきポンポン。気が向くと屑鉄を拾いに行く。ボデエ(大きな背負い籠)を背負い屑鉄を見つけるとポンポン背中の籠に投げ入れる。「ガンダヤ」が父の職業。小学生の頃、近所の悪ガキに「ガンダヤ！　ガンダヤ！」と囃《はや》し立てられた。恥ずかしかった。学校の帰り、ボデエを背負った父の姿を目にすると、友だちの目に入らぬようあわてて話しかけ気をそらせた。学校に提出する家族の調査表の職業欄に「ガンダヤ」と書くのがためらわれた。

屑鉄が現金になると父は酒を買いに子どもを走らせた。そしてお決まりの酒乱。ナジる母親に殴る蹴るの乱暴をはたらく。どうしようもなくて近所の人に助けを求めたことさえある。

PTAの会費の袋を親へ渡すのにオズオズ差し出さなければならなかった。早くお金を稼ぎたい。「ガンダヤの娘」と早くオサラバしたかった。

十五歳のとき家を出たのが自立のはじまり。二十歳になった年に上京した。

あれから三十年になる。都会の生活はだれの娘かなどにかまいはしない。財布の中身を気にせず好きなモノを買えるようになった。しかし、それと引き替えに生きる目的をなくしてしまった気もする。だらだらとぐうたらな日を過ごしながら、ふと思うことがある。父と同じではないか？　と。父を否定してここまできたのに、自分の中の父を覗き見るようでハッとする。

苦労つづきの母親のことをいつか書きたいと思ってきた。気が強くて、働き者で、涙もろくて、かわいい母。父のことは思い出したくもなかった。他界してからだいぶ経つ。それなのにいまになって、あんなにぐうたらだった父親に興味をそそられる。あなたは親らしい気持ちを持っていたの？　あなたの人生は幸せだったの？

父との会話を何一つ思い出せない。父の死の直前、枕元に親類が集まった。医師の「ご臨終です」の言葉に、すすり泣きはあっただろうか。思い出せない…。

私の最期はどうなのだろう。

ふるさと

ＪＲ総武本線銚子行きに乗り旭駅下車。車でおよそ十五分ほど南下したところに私の生家がある。住所は千葉県旭市足川浜。昔はこのへん一帯を矢指村といった。我が家から五分歩くともう九十九里浜だ。太平洋が目の前に広がる。

昭和三十年代の海はイワシが大量に穫れた。とくにイワシ漁が盛んで地引網はショーと化し、遠くから観光バスに乗り大勢の人が集まった。定職をもたない子どもと老人が駆り出され網を引っ張った。私もその一人だった。終わると円陣をくむ。網元が一人一人の前に穫れたてのイワシ、アジなどをドサッとおく。みな自分の分け前を気にし、他人のそれと比べている。その日の労働の代価だ。

浜の人たちはみな働き者だった。今のように電化されていなかったから、子どもから老人まで自分にできる範囲の仕事をこなした。

子どもの仕事は井戸の水くみ。くんだ水をバケツで何度となく台所まで運んだ。風呂沸かし（かやで火をおこし、薪をくべる）。おつかい（今のコンビニを小さくしたよろずや、魚屋、パン屋）。佃煮は量り売りだった。食パンは半斤ずつ買うことができた。ジャムとピーナッツの二種類から好きな方をパンにぬってもらう。

その頃食パンは贅沢品だった。チョコレートなんてなかった。

学校が長い休みになると、漁場（水産加工所）でバイト。そこが母の職場だ。海からあがったばかりのイワシは五分ほどの加工所まで馬車で運ばれる。ぐらぐらと沸き立った大釜にイワシが投げ込まれる。茹で上がったイワシを雨戸サイズの網に載せ、何日も何日も二人一組になって干す。途中でひっくり返したりゴミを拾ったりしながら。イワシはだんだん煮干しになっていく。小学生の私は大人に混じり、可愛がられながらよく働いた。

家の前の路地に人が集まった。突き当たりに大きな木が一本あり、その下で、ヨソからきたオジサンたちが子ども相手の商いをした。

紙芝居のカチカチが聞こえると子どもたちがワァーと集まってきた。動物などの形をしんこ餅で巧みに作って食べさせるオジサンもいた。しっぽや耳などホントに本物そっくりに作る。私は飽きもせずに見入った。「便所さへえっても手ば洗わねえがら汚ねえど」と母にしかられた。

入れ墨をしたはずれ者と言われているオニイサンはよくチャボの喧嘩で賭けをしていた。醤油、砂糖がないとなると、隣の家に借りに行った。隣家のケンカは筒抜けだった。台風の翌朝は、一家総出で三時起きし、近所の山にかやとりに行った。

後年、黒澤明監督の映画『どですかでん』を観て驚いた。路地裏のゴチャゴチャした人間模様は、あの頃の我が家の周りそのもの。

こんなの嫌だ、早く大人になってここを出たい…。せっせと図書館に通った。

今は子どもたちの駆け足の音は聞こえない。怒号や嬌声もない。賑わいも。

カスタネット

馴染みの店で友人と昼を食べた。途中話があっちこっちに飛んで、いつの間にか私の子ども時代の貧乏の話になった。友人が「アハハハハ！」と気持ちよく笑ってくれた。その明るさについ調子にのった。

「あの頃は（昭和三十年代）どこの家も貧しかったけれど、ウチはその中でも特別でね…」

小学生の頃、ＰＴＡ会費を学校に納めることになっていた。うす茶の袋を担任の先生から渡されて、親からお金をもらい袋に入れて先生に渡す。先生は表に印刷された一年十二ヵ月の升目の一つに受け取りの判子を捺す。

「あぁ〜、あの袋ね。ぼくの方もそうだったよ」

友人は秋田出身で私より八歳下だ。あの薄茶のＰＴＡの袋はあの時代全国で使われていたのだろうか。

ほとんど収入のないぐうたらな亭主をもち、小学生、中学生の五人の子どもを育てていた母は我が家の稼ぎ頭だった。魚が豊富にとれた九十九里浜、母は海から引き揚げたばかりのイワシを煮干しにする近所の水産加工所で働いていた。その給金だけで七人家族が暮らしていけたのだからいい時代だったのだろう。

我が家のあまりの貧乏ぶりに近所の人は生活保護を受けたらと勧めてくれたらしい。が、母はがんと拒否し続けた。苦しさよりもプライドと意地を優先させたのだろう。

子どもは敏感だ。いま家にお金があるのか、ないのかはだいたい判る。判るからＰＴＡ会費の袋を母に渡すのが辛く言い出せなかった。そして悶々とした。

こんなこともあった。

小学校では年に一度文化祭のような催しがあった。学級毎に演《だ》し物を決め、全校生徒の前で披露する。何日も前から練習に練習を重ね、自分たちが一番になろうとクラス一丸となって頑張った。

我がクラスの演し物は民俗風の踊りだった。ふくらはぎ丈の絣の着物に赤い帯の衣装。両手に赤青のカスタネットをはめ、踊りながらカチッ、カチッと鳴らす。

わたしはカスタネットを一つしか持っていなかった。いや一つぶんしか母にお金をねだれなかったのかもしれない。そのことを先生にも誰にも言えなかった。いよいよ当日がきて、私はどうしたら一つしかないことを誰にも悟られずに踊れるか、それだけに集中し工夫した。

踊りは輪になってぐるぐる廻るというものだったが、観客に見える側の指にカスタネットをはめ、廻るたびに右手、左手とはめ変えた。どうやら私に関心をもつ人もいなかったらしく無事に終えたが、ずっとどきどきし通しだった。

カスタネットは押入れの引き出しの奥に今もある。鮮やかな赤と青色は色褪せていない。

牛はのろのろと

八月十九日、台風13号関東通過。

昭和三十年代。子どもの頃、台風は通り過ぎるだけでは済まなかった。大事な仕事がひかえていたからだ。

「ほら。起ぎるんだよ」

甲高い母の声が遠くに聞こえてきた。朝の三時頃か。

「早く行がないといい場所をとられてしまっがらな」

寝ぼけまなこで仕方なくのっそりと起きあがる。母の支度を認めて「ああ。山さいぐんだな」と納得する。

手には熊手。背中にボデエ（大きな背負い籠）の出で立ちで一家総出となる。

二分とかからないうちに目的の松林に着く。

すでに先客がいてせっせせっせとかやを掃いている。

「おはようございます」

「早いですね」

声を掛け合う。我が家もすぐに活動開始。

松が紅葉した葉のことをこの辺りではかやと呼んだ。嵐の後はどっさり落ちる。それが当時大事な火付けになり、どこの家も競争で掃きにくる。なにしろタダなのだ。

集まったかやをボデエに入れ、家の庭に運ぶ。それを何度も繰り返す。

辺りが明るくなる頃、庭はかやで埋まる。何日かそこで干す。母は近所を偵察に行き、どこそこはおらの家よりもいっぱいだ、と言いながら、それでも満足げに手ぬぐいで汗を拭いている。当分の間はこのかやで火付けは足りるだろう。

やがて、どこからか「おらの山のかやを盗んだな」と山の持ち主が怒っているとかいないとか噂が聞こえてきた…もはや台風は過ぎていた。

物心ついたときから、かや集めのほかにもいろいろな仕事をした。

【井戸の水汲み】つるべで水を汲みバケツに入れる。両手で炊事場まで何度も運んだ。

【風呂焚き】かやで火をおこし薪で焚く。火の番をしながらその灯りでよく本を読んだ。修身教科書にでてくる二宮金次郎そのもの。

【泥鰌すくい】父に連れられてよく行った。稲を刈ったあとの出っ張りを痛い痛いと言いながらひょいと跳ぶように移動する。すくった泥鰌は、県道の角の泥鰌屋に持っていきお金に換える。十畳ほどの土間に大小いくつもの浅ぶりの樽がならんでいて、元気な泥鰌が時々ぴゅーと跳ねている。近所のオジさんたちのたまり場だった。

【芋掘り】とは言っても、よその農家の畑で掘り残した芋を暗いうちに頂戴してくる。


小学校に行くようになると、働いて賃金を得た。

【軍手の指先かがり】歳の離れた姉がメリヤス工場に勤めていた。内職用にと機械で織った軍手を一ダース二ダースと持ち帰る。その指先を手でかがる。

【ながらみ剥き】海で獲れる小ぶりなかたつむりのようなものをながらみという。塩ゆでしたその身を楊枝でほじくる作業だ。近所の家の一箇所にオバさんたちが七、八人集まり、おしゃべりしながらひょいと剥く。競争だった。

【漁場での作業】水産加工所をいさばと呼んだ。学校が休みになると毎日そこで働いた。すぐその海で獲れたイワシ、アジなどを馬車で加工所まで運び、大釜で茹でる。それを何日も何日も外で干す。やがてイワシは煮干しになる。

などなど。


小学生の頃からきょうまで休まず働いて賃金を得てきた。生きることは働いて賃金を得ることと同義語だった。家庭を持たず子どもを持たず所有するのは老後のためのマンションだけ。それだって、ローンの終わる頃は老朽化しているだろう。

中学の教科書に載っていた高村光太郎の「牛」という詩が好きだった。

牛はのろのろと歩く　真っ直ぐ歩く

なにしろ丑年生まれなのだ。牛のように生きてきたと言えばかっこよすぎるか。単純作業をこつこつと。疲れでヨダレを流したこともあったろう。その繰り返しを人より多くすることで働く知恵を身につけた。不器用で何の取り柄もない女はそうして自立し精神の自由を得、何とかひとりで生きるための自信を培った。

働けるうちは働こうと思っている。

坂の上の学校

ラーメン屋の岡持ちに意識を貼りつけながら、十五、六の少年が歩いていく。キョロキョロ焦点の定まらない目が、まだ人生の本番に出会っていないことを物語っている。頼りなげな肩を揺らし、刈り上げの生え際が汗とニキビで黒ずんでみえる。中学を終えてすぐ働きだしたのだろう。その姿にふと昔の自分を重ねてみる。

私は勤労学徒（！）だった。貧しさのため高校進学は最初から頭になかったが、中学の卒業間際、にわかに勉強がしたくなった。先生に相談し、昼間働き、夜は定時制高校に通うことに決めた。

いまでこそ高校進学は普通になっているが、昭和四十年頃の田舎では、三分の一が進学、あとはすぐ働きに出た。そういう時代だったのだ。

地元でかなり知られた県下一、二の規模の総合病院に就職が決まった。勤労学徒にとっては優遇された職場だった。

中学を卒業し准看護婦の免許を持つ者にとって、上の正看護婦になるためには高校卒の資格が必要になる。その病院に勤務するかなりの数の准看護婦は、免許を取るべく、病院から定時制高校に通っていた。病院の体制として正看護婦の免許を取れるよう援助してくれたのだ。病院から学校までは二駅の距離があるが、往復に運転手付きのマイクロバスまで用意してくれた。私はただひとり歯科技工助手として昼間働き、看護婦と一緒に毎日バスで坂の上の学校へ通った。夜は病院の寮に寝泊まりしていた。

高校は有名な進学校で、地元では、優秀な人でないと受からないと噂されていた。バスから降り、坂を上っていく。反対側を全日制の学生が下りてくる。途中、下りる者と上る者が交差する。ときどき、そのなかに中学の同窓生の顔がまじった。卑屈になりそうな日は目をそらし、元気な時はまっすぐ挨拶をかわす。人生がはじまって間もない十五歳、そこにくっきりと現実が立ちはだかった。

その後上京したとき、地元であれほど特別だった学校を都会では誰も知らなかった。あるとき田舎に帰ると、別の進学校ができて、くだんの高校は前ほどのレベルではなくなっていた。

高度成長期、舗装された平地ばかりを求め歩いてきたような気がする。しかし、いまなんとなくそこに物足りなさを感じ始めているのは無いものねだりなのか。舗装がなんだというのか。

現在の職場は坂の上にある。私はいま、県下随一の進学校で主席だった人と肩を並べ仕事をしている。

Ⅲ

年下の男

その頃JR市川駅から歩いて五分ほどのところにあるアパートに住んでいた。高架線のほぼ真下にあり、電車が通る度にガタガタ揺れた。

駅に着いた時はいい時刻だった。商店街を通り抜け、左に曲がると細い路地になる。人気がなく左右は柾《まさき》の垣根が続いてちょっと怖い。それにさっきから背後に人の気配を感じていた。思わず小走りになる。

着いた！　と思ったら後ろから声をかけられた。振り返ると背の高い青年がぺこりとおじきをした。髪がパサっと揺れる。

「あの…僕は早稲田大学○○学部○○回生の○○といいます」

きょとんとしている私を真っ直ぐ見ながら「あなたを電車の中で見かけてあ

なたのような方とお話がしたくて随《つ》けてきてしまいました」と続けた。

電車がすうーっと通り過ぎた。

暗かったが真面目そうな若者だということは判った。私は戸惑いながらも小説の中のような出会いに胸躍った。それに良さそうではないかこの男。すぐ近くに店があるからそこで話しましょうと、今きた路地を二人戻った。


ときどき利用している食堂に入った。明るいところで改めて見る青年は清潔感のあるなかなかのイケメン。私の好み。早稲田の学生というのもいい。私はインテリに弱いのだ。

「どうして私に？」と尋ねると「知的なんですよね」と答えた。総武線の電車の中で私のすぐ前に立っていたという。そのまま随けてきたのだと。

男は上気した顔で、大学生活のこと、好きなこと、将来の夢などを一気に語った。純粋そうなところも青年らしくていい。時間はあっという間に過ぎた。一週間後の再会を約束した。サヨナラをした時も男の顔は上気したままだった。背を向けた男を私はしばらく見送っていた。

その頃私は三十歳前後だったと思う。いい女になりたかった。女性誌の「いい女」特集を熱心に読んだ。給料の大半をファッションに費した。イメージだけが先行し、実体が伴わない夢見がちで平凡なＯＬだった。

確かその日は、ウエスト（58㎝）をぎゅっとしぼったモスグリーンのスーツを着ていた。流行のへちま襟。腰にピッタリとしたタイトスカート。ハイヒール。マレーネ・ディートリッヒを真似た格好だ。

一週間たった。約束の日、男は現れなかった。

ケータイもない時代。しばらくしてからキャンディーズの「年下の男の子」が大ヒットした。

焼き鳥とコロッケと源氏鶏太

丸の内界隈が新しく生まれ変わるという。新聞でそのことを知ったのはだいぶ前なので、もう変わっているのかもしれない。

東京駅はしょっちゅう利用している。が、もっぱら八重洲口の方で、反対の丸の内口へはここしばらく足が遠のいている。

丸の内は私にとって特別の場所。新聞はそれを思い出させてくれた。

昭和四十年代。東京がまだ遠いあこがれの地であった頃、私は漁師町を裸足で駆け回っていた。丸の内は源氏鶏太の小説の中で初めて知った。

高度成長期を代表するベストセラー作家であり、直木賞作家でもある。懐しくなってインターネットで調べたら七〇九件ヒットした。

丸ビル。サラリーマン。オフィスレディ。ホワイトカラー。それらの記号と共に、サラリーマンの生活ぶりを単純化しユーモラスに紹介していた。どこまでも続く青空のイメージ…。

かなりの冊数を読んだのに、内容をほとんど憶えていない。しかし、とても大事なものをもらった気がする。

小説のなかに、上司に叱られてばかりいるうだつのあがらないダメ社員が登場する。しかし、いつもニコニコ笑顔を絶やさずめげない。いつの間にか「怒られ役」としての仕事をしっかり果たしている。

怒られ役はどこであっても一人は必要だ。上司のためにも仕事の出来る者にとっても。上司は怒っているうちに自らのストレスを発散出来るし、優秀な社員には怒れないムードがあるので、代わりにダメ社員を通じて小言を云う。それで人間関係が円滑になり仕事がスムーズにはこぶこともある。そんな実践哲学がその後の私の指南書になった。

このところ体調がすぐれない。いつもどこかしら梅雨時のようにジクジクしている。これがウワサの更年期？　それとも新しい病気？　不安な思いがイライラを増長させる。

職場では男たちの話題がいつの間にか哲学談義に移っていた。ハイデガー。メルロ・ポンティ。ヘーゲル…。しばらく続きそうだ。

定時に会社を退ける。外は雨になっていたが引き返すのは面倒だ。傘のないまま歩こう。

下り坂でほんの一瞬だが膝が痛み出す。このままこの世から消えることができたらどんなに楽だろう。哲学談義は今の私を救ってはくれない。

駅に着いた。

「焼き鳥いか〜すか〜。焼き鳥いか〜すか〜。タレと塩がありますよ〜。コロッケもありますよ〜」声に惹《ひ》かれ見てみると可愛い顔のお兄さん。まだ十代だろう。

「焼き鳥いか〜すか〜。焼き鳥いか〜すか〜。タレと塩がありますよ〜。コロッケもありますよ〜」少し間の抜けた健気な声が心にしみる。

焼き鳥とコロッケ。変な組み合わせだ。たしかにお兄さんの前に並んでいる。

今日はこれでビールといくか。焼き鳥を包んでもらう。

いつの間にか雨は止んでいた。濡れた舗道にヘッドライトの灯が吸い込まれていく。

元気に明日を迎えられそうな気がした。

悲しきうなじ

「こんどは絶対痩せよう！」と堅く心に誓う。

二年ほど前になるだろうか。以前勤めていた職場の友人と久しぶりに飲もうということになった。年齢は私より一回り上、気さくで安心感があり、会社がひけてから誘ったり誘われたり、よく飲みに行く仲だった。

彼は既にカウンター席でビールを飲んでいた。

「すみません。遅くなってしまって」声をかけながら隣に座ろうとした私をちらっと見て、ああとかおおとか、声にならない声を出す。この感じ、『センセイの鞄』の「せんせい」と「わたし」みたい。いい感じいい感じ。そう思った直後だった。「せんせい」のはずの相手が前を向いたままの姿勢で「こえましたね」「えっ！　コエタ？　こえた？　肥えた？」あの「天高く馬肥ゆる」の肥えた？　ガーン!!

その夜恐る恐るハカリに乗った。一年ぶりである。ぎょっとした。四キロも増えているではないか。四キロも。が、そんなこと、そもそも判ってはいたことではあった。中年オンナの楽しみはこれしかないのよと毎日ビールを飲み美味いものを食べた。太らないわけがない。現実をみるのがこわくて目を逸らしていただけなのだ。

こうなったら、一刻の猶予もならない。何しろ馬と一緒にされたのだから。人にはそれぞれ適正体重がある。健康で、わたしが一番美しく見える体重になりたい。二十代のウエスト58は無理だとしても。

それからというもの、ダイエットダイエット。呪文のように唱える日々が続く。無精で努力が嫌いで根気のない私に合うダイエット方法はないものか。あった！　お金はかかるが寝そべっているだけで痩せられる究極のエステ。かの林真理子はこの方法でダイエットに成功したらしい。

二ヵ月後、見事五キロのダイエットに成功。

そのことをつい自慢したくなり、ある日の昼、ホテル最上階の天麩羅屋で会社の人にダイエット談義をぶった。が、私のスレンダーな身体を見ても話の水を向けてもどうもピンとこない様子。困った。ハワイ旅行に行けるだけのお金をつぎ込んで痩せたというのに。

すると、その場をフォローするように社長が「俺は痩せたのを知っていたよ。横から見るとすぐ判るよ。なにしろ前は車エビだったからなあ」一同大爆笑。港を見渡せる静かな高級天麩羅屋が瞬時のうちに嬌声の場と化した。エビ天を口に加えていた私もつられて笑った。お茶を運んできた仲居さんが仲をとりもつように「まあなんてことを!」私のために怒ってくれたのだがその声には力がなかった。

その後、半年が経つ。今のところまあまあの小康状態を保っている。が、油断するとすぐ肥えるから毎日ハカリに乗って日々チェックを怠らない。

ダイエットをして良かったのは、タンスの隅に追いやられていた洋服がまた着れるようになったこと。ほんのときたまお世辞で、若くなりましたねと褒めてもらえること。

つい一週間前。会社の帰り道、たまたま社長と一緒になった。とりたてて話すこともなかったから雑踏のなかを無言で歩いた。付き合いが長いとこんな時、楽でいい。

駅に着く。それまで私の後ろを歩いていた社長が私を追い抜きながら「あんた長生きするよ。きっと」と言った。

「えっ。どうしてですか？」

問い返す私に、そんなこともお前知らないのかとでもいう顔付きで、

「首が太いから。首の太い人は長生きするんだってよ！」

返す言葉も見付からない。惚《ほう》けている私に、「じゃあ」と片手をサッと上げ飄々と去っていった。

「くそ！　女ゴコロのわからない奴め！」どこの世界に太い首を褒められて嬉しがる女がいるか。たとえ長生きしてもだ。

竹久夢二描くうなじ美人にはダイエットしてもなれない。ちくしょう！

Eカップ

幸せでも不幸でもないけれど、平凡な人生にもいくらかのドラマはある。

数年前に乳がんを患った。年に一度、市から成人病検診の案内があり、「久しぶりに乳がんの検査でも受けてみようかな…」くらいの気持ちで出かけることにした。

前夜、風呂に入る前に裸の胸をさわってみた。「え?」「うっそー!」たしかに左の胸にしこりがある。「もしかして?」と「まさか!」が交錯する。乳がんかも。なまなましい感触がてのひらに残った。

さっそく近くの医院へ。医師はひととおり診察し、大きな病院に行くよう勧めた。

虎ノ門病院を選んだ。ハンサムで清潔感のある青年医師に何故か安心する。率直な説明は力がこもっていて、結果はやはり乳がんだった。なぜ私が？　いままで病気ひとつしたことのない私が！

即入院。左胸の一部を摘出する部分切除の手術をした。二週間ほどで退院となってまずはめでたしめでたし。がんのことは職場の上司、家族に伝えただけで友人には知らせなかった。一人で会計を済ませお世話になった方々に挨拶をし一人帰宅。気丈にふるまってはいても、ナーバスになっていたと思う。

翌日すぐに職場復帰。前日に降った雪がうっすらと積もっていた。朝日が反射する白い肌膚の上を一歩一歩踏みしめていく。

私はEカップ。小学校高学年の頃から胸がふくらみ出した。早熟だったのかもしれない。母親はそんな私を気にかけた。多分にそのせいもあったろう。胸の大きいことが劣等感となり、前を隠す姿勢をいつしか身に付けた。

胸が大きくてよかったなんてことはない。第一身体が重い。左右のオッパイをスパっと勢いよくナイフで切ってハカリにかけたら何グラムあるだろう。おまけに子宮筋腫もサービスしよう。両方でかなりの重さになるはずだ。歩くのが遅いとあきれられるのはこのせいじゃないかしら…。

不経済でもある。新しいブラジャーを買うときなど、「きょうは買うゾー!」と一大決心をして店歩きを断行するのだが、何着も試着し、やっと選ぶのはかなり高額なものだ。洋服もイマイチすっきり着こなせない。前開きのブラウスなどホックがすぐはずれる。

男たちの好奇の目にさらされることもしょっちゅうだ。それだけならいざ知らず、街を歩いていてサッと触られたりもする。飲み屋で頼みもしないのに酔客になでられたり。中学校の教師が私を「女」を見る目つきで見ていたと、後年同級生に教えられた。モテるというのとは違う。

いまのところどうやら乳がんの再発はない。Eカップは健在というべきか。

必ず遅れます

通勤に一時間四十分ほどかかっている。東西線、銀座線、東海道線、京浜東北線と四つの電車を乗り継ぐ。初対面の人にどこから通っているのか訊かれ、隠すこともないから正直に答えると、必ず同情される。大変ねぇと。本人は割とケロッとしている…というのは最近の話で、ここまでたどり着くのにはそれなりの道のりがあった。会社で面白くないことがあると、通勤時間の長さに火がつき社長とよくけんかした。

一年ほど前、元町に一部屋借りて住んだことがある。会社のある桜木町から石川町まで駅は二つだ。オシャレな町でのショッピング。早起きした日は、港のそばを遠回りしながら歩いて出勤したこともあった。毎日がルンルン気分。

が、しばらくして気がつけば体重が四、五キロ増えた。深夜遅くまで遊ぶわ、会社までタクシーを使うわ、朝寝坊するわで太らないはずがない。

元の通勤時間一時間四十分の生活に戻るのに躊躇はなかった。

電車の中は平凡で退屈だが、時々面白い光景にも出会える。

だいぶ昔のことになるが、華のOL時代。いつものように会社を退《ひ》けてから地下鉄に乗った。同じ車輛に会社の若い娘が友人とつり革につかまっておしゃべりに興じていた。ツンとした小生意気そうだが可愛い娘。しばらくすると、その娘のスカートの中からスルスルと変なものが落ちてきた。乗客の目はそこ一点に集中。私も。

中から出てきたのは、なんと、紺色のスカート。それが会社の制服だと判るまでに、しばらく時間がかかった。急いで着替えて制服のスカートを脱ぐのを忘れてしまったのか。

つい最近、朝の通勤ラッシュ時の出来事。日本橋から新橋までの銀座線の車内でそれは起きた。掴まるところもないまま、あっちに揺れこっちにぶつかっている最中のこと。耳元で耳慣れないカチカチという音がする。音の方を見たくても身体が自由にならない。何だろう。何だろう。何だろうこの音？　およそ電車の中で耳にする音ではない。

その時ガタン！　大揺れした。その隙間に見えたものとは？　年配のオバさまが左右前後の頭の間から両手を上に高々と掲げ、爪切りで爪をパチンパチンやっている。朝の九時。これからどこへ何しに行くのだろう。


東西線は沿線の急激な人口増加のためか、朝のラッシュ時は二十分くらいの遅れはザラだ。その他にも事故だ、故障だ、なんだかんだで遅れるのはすっかり慣れっこになっているものの、頭上で「〇〇〇のために遅れます」のアナウンスが流れるとまたかとイライラする。そんな時は、インド、インド、インドを想え！　と頭の中で唱える。私はまだ行ったことがないが、インドでは列車に乗ったら予定通りに着くことはまずないそうだ。

その日、朝ホームに着くと人で溢れていた。もしや事故？　また遅れるのか。せっかく早起きして今日こそ早く出社しようと思ったのに。アッタマにきちゃう！

すぐそばで誰かがケータイを耳に当て真剣な面持ちで「いま、車両故障の報せが入りまして。すみません。すみません。必ず遅れますので、はい。はい」

…ん⁉　どこか変、じゃない？　必ず遅れます、なんて。でもなんだか楽しい。

おかげで、いつの間にかイライラカッカが収まっていた。

舞台裏

ほんとうに疲れているとき、近くにたまたま有料トイレがあれば迷わずに入る。百円のぜいたく…。

先だってのこと。池袋での営業の帰り道。駅につづくショッピング街にある有料トイレに入った。ときどき利用しているところだ。三つのボックスのうち一つはすでに使用中。用を済ませ、手を洗い、ちょっと鏡を見、さて、とトイレから出ようとしたら、ガラガラガラガラガラーッとペーパーを引く音が聞こえてきた。ホルダーが壊れんばかりの凄まじい音。びっくりするのと同時にガラガラの音の主に興味がわいた。

ガラガラが止んだと思ったら女は出てきた。こちらをちらとも見ない。四十がらみのごくふつうの人だった。

女性用トイレの中は、女をきれいなものと勘違いしたがる一部の男性にはとても見せられない…ときもある。買い物の帰りに着替えたのか、手提げ袋がそのまま放置してあったり、飲みかけのペットボトルが転がっていたり、白い洗面台の上に、長い髪の毛が落ちているのはしょっちゅうだ。

深夜、鏡の前に陣取って念入りに化粧をしているOL風の女を見かけることもある。これからどこに何をしに行くのか？　まぁ余計なお世話だろうけれど。こっちは朝化粧をしたきり、一度も直さず疲れ切った顔で帰宅するというのに。

JR新橋駅の構内にお気に入りのトイレがあった。便所と呼んだ方がふさわしいような古い和式のトイレだ。いつ行っても掃除が行き届いていて気持ちよかった。朝の通勤時によく利用した。今は工事中で入れない。

ある早朝出勤の日、そのトイレに入った。ラッシュ時の賑わいはなく、しんと静まりかえっていた。奥に中年女性が一人しゃがんでいる。床に新聞紙を広げ何をしているのか見れば、汚物入れのモノを新聞紙の上に空け、いちいち分別していた、素手で。頭がさがった。

私はトイレが速いらしい。女性の中ではダントツだと言われたことがある。自慢できることかどうかは判らない。

陽水のいる純喫茶

駒澤大学駅前でバスを降りたとき、昼を少しまわっていた。二時にクライアントと会う約束がある。駅の近くを歩いてみることにした。

なかなかいい店が見つからない。約束の時間が刻々と迫ってくる。この辺で、と選んだのは、「駒澤大学駅前」に一見ふさわしくない店だった。

まず建物が相当古い。すすけた赤いテントの屋根に「純喫茶」とプリントしてある。表に定食のメニューの案内がでている。店に入ると窓際に置いてあるゲーム機が目に入った。ゲーム喫茶が流行った頃の名残りか。その向かいのテーブルに腰掛け、ナポリタンを注文した。

と、ドアが開きひょろっと背の高い男と、どこといって特徴のない男が入ってきた。二人はまっ直ぐ私の目の前のゲーム機に陣取った。背の高い男はパサパサの長い髪にジャンパー、ジーンズ、スニーカーといったいで立ちだ。似ている。でも、まさか⁉　こんな店に？

男二人は静かな声で話し始めた。どちらが上でどちらが下というのではない対等な口ぶりだ。私の全神経はパサパサ髪の男に集中した。やがて二人はゲームを始めた。店の女性がオーダーを取りにきた。パサパサ男が焼きそば定食を注文した。それにしても似ている。でもまさか？

が、そのまさかが本当になってしまった。店の女性が四角い色紙とサインペンを手にパサパサ男に近づき話しかけた。「サインをお願いできませんか」。パサパサ男は「ハイ」と言い、さささとサインペンを動かす。そしてまたゲームを始めた。

スパゲティを食べているどころでなくなった。勇気を出すのよ、ほら、私は前からあなたのファンでしたと言うのよ、耳元でささやく声がする。心臓がとび出しそうだ。が一方で、プライベートでくつろいでいるのに迷惑じゃないかしらと囁く声も聞こえる。

そのうち二人は立ち上がった。さあ今よ今。外に出た瞬間に声をかけるのよ！

二人はドアの外に消えた。

店の女性が興奮ぎみに私のところに来た。

「い、今の人、陽水よ、陽水。井上陽水よ」

井上陽水…田舎の工場のお兄ちゃんのような人だった。

嗚呼！

好きなこと。ショッピング。散歩。営業職のせいもあり、公私おりまぜ、かなりあちこち歩いている。

気に入った構えの店の前に立つとすぐ中へ入ってみたくなる。店内をひと廻りし、商品を二、三手に取っては出てくる。それを繰り返している。時には店員に寄ってこられ話しかけられる。感じのよい人に遭うと、さし当たり必要のないものまで買ってしまうこともある。

商品知識が豊かでなおかつ接客がゆきとどいているプロの販売員はあまりいない。営業マンの悲しさか、同業者をシビアな目で観察する癖がついてしまった。

どんな店員から私はモノを買うだろうか。さりげなく近づいてきて、さりげなく商品説明をしてくれ、さりげなく自分に気をとめてくれ、さりげなく褒めてくれる人がよい。少し欲張りかもしれないが、そう思う。

女も高齢になると、自分に関心をもち褒めてくれる人になかなかお目にかかれなくなる。淋しいけれど仕方がない。上手い営業マンならその辺りをくすぐるだろう。小金をもっているおばさんは割とたやすくひっかかるのではないか。私は小金もないが気持ちよく騙されたいとは思っている。

行きつけのお店でメガネを新調した私に女主人、

「キリッとしますね。東条英機みたい」

これは褒め言葉だろうか。声につまった。

またある日、別の行きつけの店のママ、

「そのブラウス素敵ね。中国製？　一夏着れればいいものね」

よほど安っぽい素材に見えたのだろう。

褒めてくれる人は近くにもいる。新人のアルバイトの若い娘、

「石橋さんて若い頃モテたでしょ」

「ウ！」言葉につまっている私に「きっとモテたと思います！」…年は食ってもこれから彼氏を探そうとしているのだが…。お願いだから過去にしないでちょうだい…が、声にならない。

褒めるのは難しい。人のことは言えない。

以前勤めていた会社の社長はカッコマンだった。

「社長のそのシャツ、素敵ですね。レーヨンですか？」

「いや！　シルクだよ！」社長、憮然。

嗚呼！

馬鹿な私は性懲りもなくまた馬鹿なことを繰り返す。

ある日、プライドの高そうな老婦人のお客さんに「そのブラウス、素敵ですね。綿ですか？」

「いいえ。シルクよ！」上質の綿はシルクよりも高いのでと言おうとしたが、声にならなかった。

嗚呼！

映画が好き

しょっちゅう映画を観ている。ロードショーは週に一度。テレビで放映するリバイバル映画にレンタルＤＶＤを合わせると、月に十本は超すだろう。よく利用する映画館は有楽町と銀座に多い。お気に入りは有楽町駅前の「ヒューマントラストシネマ」と和光裏の「シネスイッチ」。岩波ホールもたまに行く。

基本は一人で観る。休日の午後、銀座にでる。映画街をぶらぶら、上映中の映画をチェックし、ポスターの雰囲気、俳優を頭に入れ、時計をにらみ窓口に向かい予約する。上映まで余裕があればショッピングを愉しむ。

先日のこと、東中野「ポレポレ座」で『ある精肉店のはなし』を観た。朝、永六輔の「土曜ワイドラジオＴＯＫＹＯ」を聴いていたら、監督が番組にゲスト出演していて映画の存在を知った。牛を殺《あや》めるところから始まり、牛肉を店で売るまでの過程が描かれたドキュメンタリーだった。終わったあと監督の挨拶があったが、こんなに穏やかそうな可愛らしい女性が撮ったのかと二重に感心した。

先だって『劇場版SPEC～結～漸ノ篇』を観にいった。上映している映画館が限られており、六本木ヒルズまで。案の定、周りはカップル、カップル。観終わったあとそそくさと家路についた。

この映画の存在も知らずにいたのだが、眠れない夜、テレビのチャンネルをカチャカチャまわしているうちに加瀬亮がでていたので観ようと思ったのだ。面白かった。『スペック』の再放送だと後でわかった。いま話題の堤幸彦監督の作品だ。テレビ放送当時は話題になったらしい。知らなかったといったらそばにいた若者に「遅れてる～」と言われた。加瀬亮はナイーブな内省的な役どころが多かったが、頭を丸め、北野武のやくざ映画にでたりして驚いた。

今まで観た映画で特に印象に残っているのはオードリー・ヘップバーンの

『ローマの休日』、ソフィア・ローレンの『ひまわり』、ロバート・デ・ニーロ、ロビン・ウィリアムズ主演の『レナードの朝』、ダスティン・ホフマン『卒業』などなど。『卒業』をうんと若い頃観たときは、恋人の母親とホフマンの情事を不潔に感じた。最近、自分の年が母親に近づいてからは、母の空虚さを想像するようになった。観る時代、年齢、自分の立場などで感想も変化する。

昨夜、NHK「ラジオ深夜便」で映画音楽特集をやっていた。優れた映画には優れた音楽がついている。

稼がなくてもいい身分になったら、ボランティアで映画業界の裏方の仕事をしたいと、ずっと思ってきた。ある時、映画学校の先生を紹介してもらった。休日に何でもいいから、手伝えることはないでしょうかと尋ねたら、そんな自分の都合のいい時間に都合のいい仕事はないよと、にべもない。映画業界の厳しさが伝わってきた。もしかすると相手は「無料で」という私の言い方に傲慢さを感じたのかもしれない。

せっせと映画館に通うことが厳しい映画業界への最短最良の協力なのかもしれない。

恋

昼過ぎ横浜駅から京浜東北線に飛び乗った。目の前の席が一列空いていた。六十代くらいの女性が空いた席の前に立ったまま、ホームに目を遣っている。彼女の前の座席にはカバンが置いてある。どうして座らないのだろう。私もなんだか座るのは気が引けて、同じようにつり革につかまり前の席にカバンを置いた。ホームでは中年の男性がこちらを見ている。彼は私の隣に立っている女性をじっと見ているのだった。そっと隣を見る。彼女もじっとホームの男性を見ている。

「大船行きが間もなく発車します」

アナウンスが響く。ごとんと音がし電車が静かにすべり出した。二人はまだじっと目を合わせている。私は坐ることも忘れ、二人から目を離せなくなった。

しばらくして彼女が「ごめんなさい」と言った。教養と節度が感じられる声だった。「いえ」私は頭を横に振った。二人同時に座席に座った。

その夜、仕事仲間と飲みに行った。二軒目はカラオケで歌った。褒められて調子にのり、何曲も何曲も。

最終電車で家に帰った。フラフラと揺れながら歩く。生温かな春の宵。突然「ごめんなさい」の声が聞こえた気がした。

桜の葉がかすかに動いた。恋…

テレビ

あまり大きな声で言いたくはないが、大のテレビ好きである。

朝起きたらまずテレビをつけ、帰宅したらまずテレビをつけ、暇と感じたらまずテレビをつけ、暇でなくともまずテレビをつける。

リモコンをパチパチ押して、目の前にあらわれる画面と音声が気に入ればそのまま見続ける。であるから、ほとんどの番組は途中から見ることになる。番組が終了して、はて何の番組だったか、ということもしばしばだ。有料の衛星放送も契約しているので週に三、四本は映画を見ている。

ドアをぴたりと閉め外部の音を遮断、ベッドに寝そべり煎餅をボリボリかじりながらの映画鑑賞は至福のひとときである。

気づいたら止められなくなっていた。それがたたって家族との団らん時間は減少、読書時間は減少、思索（めったにないが）時間は減少した。

通勤時間が長いのと気分転換を図るのを理由に、マンションの一部屋を借りた時、ひそかに決心したことがあった。

1．テレビを置かない

2．音楽に親しむ

3．読書にいそしむ

ぜいたくはできないが時間をかけ一つ一つ選んだインテリアと雑貨類の中でスタートした新生活。感性をもっと磨きなさいという上司の言葉を背に、努めて本を読みＣＤをかけた。

六ヵ月たった。何か物足りない。何かが欠けている。足りないものは一体何か。落ち着かない日々が続いた。

ある晩、ときどき通っている家庭料理のレストランで店のママと世間話になった。

「暇なときは何をしているの？」とママ。

「寝に帰るようなものだから、暇なときはあまりないの」

「テレビは見るんでしょ」

「置いてないの」

「えっ‼」ママ、びっくりした様子。「そこのドンキホーテへ行けば一、二万で売ってるわよ」

テレビを置かないのはお金の問題じゃないの…と心の中でつぶやいた。


一週間後、元町のわが部屋にテレビが運び込まれた。一万八千八百円也。ソニー製の十四インチ。

あの正体不明の物足りなさはこれだったのか。それがテレビのせいだったとすぐに認めたくない私がいた。が、あまりに収まりよく置かれている麗しい姿に正直感動をおぼえた。

はてさて、この愛すべき箱物体とこれからどうつき合っていくべきか？　深く思案しながら、手はリモコンを捜している。

Ⅳ

おんな寅さん

出版社で営業をして身を立てている。
各大学の研究室へ行き、端からドアをトントンたたく。返事があったら部屋に入り、先生に出版の可能性の有無を尋ね、本の案内などをする。留守の場合は目録やＰＲ誌をドアのすき間に差し込んで帰ってくる。ひと呼んで「トントン営業」。

この仕事を生業としてから何年経つだろうか。以前勤めていた出版社で初めて経験した。折しも時代は自費出版花ざかり。そこに目をつけた社長が自費出版の部署を作ることにし、私が営業担当に選ばれた。

社長と二人で営業戦略を練った結果、案内先は大学の研究者になった。紀要があるからだ。案内方法について、他社に負けないオリジナリティをだそうとしたが、ＤＭ戦略くらいしか思いつかない。何社かの出版案内を取り寄せて調べてみたものの、どこも変わり映えのしないものだった。

何かよい方法はないものか？

そうだ他のひとにない、自分にあることといったら度胸と図々しさだけ。直接お客さんのところに出向き営業しよう。これ以上シンプルな営業方法はないではないか。

とはいうものの、私の学歴は高校の夜間部止まり。大学というところに行ったことがない。大学の先生に会うにはどうしたらよいのだろう。「ぶっつけ本番！　当たって砕けろ！」

営業の第一日目、東京大学に行った。大学といったら東大だ。そして、大学の先生は研究室というところにいるものだと初めて知った。

それから三年ほど経った。知識なし。学問なし。出来ることといえば先生の話をじっと聴くだけ。そして、相手がなにを望んでいるかを敏感に察知すること。無いことづくめで始めたこの営業だが、どうにか仕事になってきた。

それなのに、会社がある日突然倒産した。その晩、居酒屋で仲間とこれからどうしようかと相談した。結果、出版社を作ろうということになった。そして、三人で会社をつくった。

ゼロからの出発。自然のなりゆきで私が営業担当になり、前と同じトントン営業をすることになった。編集者が丁寧な本作りをすることが評判になり、最近は持ち込み原稿が増え、著名な作家の企画出版も増えた。営業部にも新人が入り、スタッフは十人。

だが、基本のスタイルはトントン営業だ。この営業の醍醐味は何と言っても埋もれていた珠玉の原稿に突然出遭う可能性があるということ。これは堪《こた》えられない。


ところがこのトントン営業が最近しにくくなってきた。

何年か前から大学の管理が厳しくなり、パンフレットを配るのもままならない学校が増えている。先生方は以前よりイライラしているように見える。ヒステリックに私を怒鳴り、足下のパンフレットを私の見ている前で蹴る先生もいる。高級ホテルのような高層ビルの研究室。一枚の紙切れを挟むすき間もないドアは、コミュニケーションを拒絶しているかのように冷たく閉ざされている。ドアが開け放たれた学生との笑いが絶えない研究室はどこへいってしまったのか？

数ヵ月前、北陸の大学廻りをした。午前中、自分で課したノルマをこなした後、もう一校に行くためにとある駅に降りた。無人駅。激しく雨が降っている。見渡す限りの田園風景。こんなところに大学があるのだろうか？　不安にかられ道を尋ねながらやっと辿り着いたが、研究室はどこも暗い。唯一灯りの灯った部屋をノックする。迎えてくれたのは初老の紳士。

目録とPR誌を渡す。丁寧に目を通してくれた後、私に返してきた。「先生ご参考までにお手元において下さい」すると、「最近くたびれちまってね。これなんかもう少し若かったら興味あったんだけど」と言語政策の本を指さしながら言う。

部屋の中を見渡した。書棚にはほとんど本が置いてない。「こちらに来られたばかりなんですか？」

「そう。この近くの大学を停年退職して週に二日ここに来ている」

「A大学ですか？」近くの国立大学の名をあげたら頷いた。

「最近くたびれちまってな」また繰り返す。

「そんなお年齢《とし》に見えませんが」

「せっかく来てくれたのに、今日はほとんど先生がいない日なんだよ。週末はみんな東京の自宅に帰っちまうからな」そう言いながら窓に近づいた。

「すごい雨だな。あなたどうやって帰る？　タクシーを呼ぶ？」私も窓に近づき先生と並んだ。見渡す限り田圃が広がっている。このままここにいたいなと一瞬思った。

しばらくして私は窓を離れた。「お邪魔しました。そろそろ失礼します」すると「この本、年度末に注文しとくよ」

「ありがとうございます……先生、井上靖に似ていると言われませんか？」

「まあ。お世辞言っちゃって」先生にお辞儀をしドアを閉めた。

外に出る。知らない土地をカバン一つぶら下げながら歩いている。まるで寅さんみたい。おんな寅さん。

駅についた。ふと甦った光景がある。四十年前の父の姿。あちこちの土地をボデエ（大きな背負いカゴ）を背負いながら鉄屑を拾って歩いていた。封印してきた親の職業「ガンダヤ」。

職を幾つか変え、辿りついた私のこの仕事。遥かな父と変わらないことをしている気がする。

失語症

自分の営業がマンネリ化していることに気づいてはいる。仕事をとりまく状況は変わっているのに、変わりばえのしない営業トークをつづけながら、そういう自分に吐き気すらおぼえたり。

営業は言葉がいのち、言葉が優勝劣敗を左右するというのに……なんという陳腐なセリフ！

mu・mu・mu…出ない！　用意していた言葉が出ない。どうしよう。あせればあせるほどmu・mu…　やはり出ない。必死で言葉をさがす。

——なんとか切り抜ける。

こういう現象にときどきみまわれるようになった。失語症？　自分に問いかける。

　まさか！

　突然古い記憶がよみがえる。……封印していた遠い記憶。あれは中学生の頃。私はどもっていた。


　生真面目な少女だった。早熟だった私は、本ばかり読み、毎日生きる意味を問いつづけていた。内省的になり自信と劣等感にさいなまれ、やがて言語障害がおきた。極端に緊張したり、目の前の人を意識しすぎたりすると、言葉が出なくなった。くらい日々が重なった。

　あれから数十年。大人になった私は社会との接触の仕方を覚え、公共の場で、自分を押し出すことを覚えた。そのうちそれが地なのか演技なのか自分でも判らなくなった。ほとんどの人が言う。あなたはいつも元気ね！……と。

　鏡をみる。化粧を落とした自分の顔をのぞきこむ。奥まった目に自信なげな少女の顔が映る。あなたは変わったの？　その顔に問いかけてみる。

あなたと越えたい

職場はいわゆる知的水準の高い（？）人たちの集まりである。その環境の中で、中学を出てすぐ働き出した私は小さくなっている。

社長は言う。

「ジャズはいい。ジャズは！」さらにこうまで言う。「君もさあ、ジャズでも聴いて感性磨きたまえ」

ジャズが生活の中に入り込んでいない私は「どんな音楽が好き？」と訊かれたら何と答えよう。陽水や高橋真梨子が好きだから、ニューミュージックと答えるか、それともポップスを少々、か。どれも当たっていない気がする。

しみじみ身体に入り込んだ曲のいくつかは演歌だ。

「駅」という映画があった。だいぶ前に観て、挿入歌として八代亜紀が歌う「舟唄」にしびれた。正確には「舟唄」の情景にと言うべきか。

北海道の漁師町で一杯飲み屋をやっている倍賞千恵子の元に、高倉健が客としてフラッと現れる。ほかに客はいない。

♪お酒はぬるめの燗がいい
肴はあぶったイカでいい
女は無口なほうがいい♪

外は吹雪。惹かれ合う二人。テレビから流れる八代亜紀の「舟唄」。わたし、この歌が好きなのよ…。

お互いに過去のある身。仲良くなってもとまどいがちな二人。しばらくして、倍賞千恵子の昔のオトコが現れる。オトコは高倉健が追っている殺人犯。二人のいるアパートに踏み込み、オトコを高倉健が撃つ。高倉健は警察部長で射撃の名手。
別れの日、倍賞千恵子の飲み屋に高倉健が立ち寄る。「舟唄」が流れる。外は真っ白な銀世界。倍賞千恵子の目に涙。

♪ほろほろ飲めばほろほろと〜〜♪

石川さゆりの「天城越え」もいい。

♪戻れなくてももういいの
ゆらゆらゆれる地を這って
あなたと越えたい　天城越え♪

唄う口元近くのホクロが色っぽい。こんなイイ女に「あなたと越えたい」なんて言われたら、男はすぐに越えて美しい世界へ旅立ちたくなるのではないか。
私の場合は？　一緒に越えたい男なんていなかった…か？　いまどきは知恵

がついて越えた後のことを考えてしまう。戻れなくなったらイヤだから。

二時間もののサスペンスドラマの挿入歌に、岩崎宏美の「聖母たちのララバイ」がつかわれていた時期がある。ドロドロした事件が解決した後で、透明感のある彼女の高音がひびく。

♪この街は戦場だから
　男はみんな傷を負った戦士♪

というような歌だったと思う。

事件が浄化されるような清らかな歌声に、観ている者はしばしば日本的な叙情の世界にひたったのかもしれない。

オンナは好きなオトコの前では誰でもマリアになり得る。しかし、そろそろ老後の準備が気になるこの身では、マリアになって男を包んでなんかいられない。自分の身を守ることで精一杯だ。

お天道様が見ている

新入社員が入った。職場は活気に満ちている。個性的で優秀な若者たちだ。おかげで毎日が刺激的。

社会人になった頃を思い出す。挨拶もろくに知らない十五の幼ない少女だった。その職場は四年間勤めて退職したが、後日、以前の上司に再会。彼は笑いながら言ったものだ。

「あなたを育てるのは大変だったよ。とにかく覚えが遅い。仕事が遅い。仕方がないから、自分のほうが合わせるしかないかと思ったさ」

人生の大海に船出したばかりの鈍感な少女に上司の気持ちが判るはずもなかった。

職場の若者たちはあの頃の自分より数倍しっかりしている。とはいうものの、仕事歴何十年のおばさんから見ると目に付くことがないでもない。ある新人さんはいわゆるナマ足でお客さんのところへ営業に行った。別の新人さんはお客さんを訪問した際両手がふさがっていたためか半開きのドアを横尻で押えた。またある若者は、テーブルに肘をついたまま上司にお酌をしている。あげつらっているうちにだんだん意地悪婆さんになってくるようだ。

漁師町、六畳一間に親子七人がひしめき合い暮らしていた子ども時代。親が子を教育する余裕などなかった。昭和三十年代の家族は大方みなそうだったのではないか。それでも、母の躾は今も私の中に残っている。

新聞、本は踏んではいけない。畳のへりを踏んではいけない。ご飯は一粒残さず食べること。探し物が見つからないのは目は見えても心が見えないからだ。見えるところより見えないところをきれいにせよ。借りたものは返すこと。まだある。お天道様はいつも見ている…。

十数年前のあの苦いシーンがよみがえる。

その頃勤めていた職場の社員旅行の宿でのこと。

一泊した翌朝、女性四、五人で朝食をとっていた。間もなく社長登場。その場で一番若かった私は社長のためにとお櫃《ひつ》のご飯をお茶碗によそった。一度でちょうどよい分量がお茶碗に入ってしまった。ご飯を一度でよそるものではないとの教えが頭をよぎる。ちょうどよく入ったのだから、ま、いいか、とそのままに…。すると、そばにいた女の上司がさっと私の手からお茶碗をひったくり、ご飯をお櫃にバサッと捨てた。大げさではなく、文字どおり、バサッと。そしてお櫃のご飯を丁寧に十字を切ること数度、何回かに分けてお茶碗によそった。その間無言。

シーンとした空気が張りつめた。

良妻賢母を金科玉条とする旧い商家出の上司だった。その頃五十歳くらいだったか。私をがさつでなんの躾もない女と思ったかもしれない。だけど、と思った。彼女のあの振舞いは果たして教育と呼べるか。

もとより世のしきたりや風習に関心が薄いことは事実。しかし、世間で揉まれているうちに礼儀作法とエチケットをひととおりは身に付けてきたつもりだ。が、時の流れと生来のものぐさのせいか自己流作法で通してしまうこともまた事実。「一般的」な作法を気にする人からすれば奇異に映ることもあるだろう。

礼儀とは？　エチケットとは？　時代と価値観の変化のなかで基準を設けるのは難しい。礼儀もエチケットも、人様に不快感を与えない最低限のルールということだと思うけれど、どうだろう。

追っかけ！　岸田秀

出版業に就いて良かったなあと思うこと、そんなしょっちゅうはないが、ほんの時たまある。

すぐ浮かんでくるのは、故郷九十九里浜の写真集を出せたこと、谷川俊太郎と話ができたこと、そして岸田秀と話ができたことである。

ある日、和光大学に営業に行った。研究室の廊下を歩いていて、ひょいと顔を上げたら「岸田秀」のネームプレート。「えっ？　岸田秀？　ま、まさか！」でも、考えてみると岸田秀が大学教員だと何かに載っていたことを思い出した。研究室のドアに嵌め込まれたガラスからそおっと中を覗いてみる。中央の大きなテーブルに五、六人の学生が陣取っている。テーブルの中央に一人の男性がこちら向きに座っている。いつか本でみたことのある顔。岸田秀！　岸田秀と話がしたい！

一週間後、また和光大学に行った。大学の事務に電話をかけてその日は出校日だと確認してあった。

岸田秀が研究室にいるのを確かめ、階段の踊り場でゼミの終わるのを待つ。五分経過。様子を見に行く。十分経過。様子を見に行く。そろそろという頃、ドアの少し横に立った。学生が一人出てきた。二人出てきた。最後の学生が出てきた直後、すかさずドアをノックした。「はい」の返事が聞こえ、すぐにドアを開けた。

「突然で恐縮ですが…わたくし出版社の○○というものです。あの…わたくしは『ものぐさ精神分析』の時代から先生の大ファンでして。先生がこの研究室にいらっしゃるということをうかがい…」一気にまくし立てた。岸田秀はきょとんと私を見ている。呆気にとられている。が、そのうち事の次第がのみこめたのか、ニコニコしながら「まぁまぁお坐りなさい」と椅子を勧めてくれた。

本に載っている写真そのままの顔。いきなりの闖入者を面白がっているようだ。ニコニコニコニコ。十分ほど経った頃、「ちょっと失礼するよ」と、机の上に置いてあった二個のおにぎりのひとつをほおばった。コンビニのおにぎり。「先生、たったの二個で足りるんですか？　サラダとかなくてもいいんですか？」「定年後はどうなさるんですか？」どうでもいいような質問を矢継ぎ早にする。

「あなた、おかしなこと訊くなぁ」「そんなことわからないよ、先のことは」とあくまでニコニコしながら、だが、いささか呆れた様子。が、こっちは極度の緊張とテレと無我夢中。そんなこと知ったこっちゃない。でも、ちゃっかりと仕事もした。ＰＲ誌に原稿依頼をしたらあっさり承諾してくださった。

三十分だったか、それ以上だったか。憶えていない。部屋を出たあと、興奮冷めやらぬままに会社に電話を入れた。「岸田秀に会ったよ！　原稿も書いてくれるって！」社長も一緒に喜んでくれた。初対面、しかも高名な作家になんと図々しく振舞えたことか、無知さのゆえんか。

昭和五十年代、本屋で『ものぐさ精神分析』を手に取って以来岸田秀のファンになった。著作もいろいろ読んだ。後年、岸田秀が一世を風靡した存在だったと知った。わが社の社長は岸田秀を「天才」と呼ぶが、私には難しいことは判らない。岸田秀の出生から始まる母親との関係、自身の精神病の克服、心理学への道など、ごまかしの利かぬ不器用さ、正直さ、ヤクザな面、等に惹かれたのではなかったかと思う。

その後岸田秀のいる大学へ足を向けることなくバタバタと日常は過ぎていき、そんなある日、岸田秀退官の噂を耳にした。

毛の哀しみ

ある日妹に指摘された。

「眉毛に白髪があるよ」

え⁉　すぐに鏡を見たが判らない。上向き下向き、顔をいろいろ動かしているうちに、あった！　長いのが一本だけ。白髪になってから何ヵ月も経っているであろう長さだ。

その間まったく気付かなかった。そのこともショック。誰も注意してくれなかったし…、いや人のせいにするのはよそう。まぁ、たとえ気がついたとしてもなかなか言えないわよね…。

老化現象なのだ、結局。私が悪い訳ではない。全身あちこちいじり、やりくりしながら少しでも若く見せようと努力しているのに、なさけない。まるで元首相の村山さんみたいではないか。もっともわたしはまだ一本だけだけど。

当時、テレビにでている村山総理を「あの眉毛の白髪、どうにかすればいいのに」と家族でしゃべっていた。でも長生きするんですって、まゆ毛が白髪で長い人は。


それからしばらくして。ある大学へ社長、担当編集者と三人で打ち合わせに行ったときのこと。京急の金沢八景駅から五分くらいのところにある大学だ。早く着き過ぎたので三人で駅前の喫茶店に入った。

窓際の席は陽差しがポカポカして気持ちがいい。時の経過を感じさせるすり切れたソファにお客さんがちらほら。

がまんしていたのか、ほどなく編集者がトイレに立ち上がる。私とおしゃべりをしていた社長が、おや？　という顔になり、私の顔をまじまじと見て「鼻から毛が…」私を凝視している。「鼻毛が…左の下のほら、ソコ」

えっあっ⁉　どぎまぎしている私をよそに、社長は面白いものでも見つけたように、まるで少年のように目をキラキラさせている。

他の客に気取られないように、そっと指を鼻の下にあてるのだがなかなか抜けない。そのうちに社長はもどかしくなったのか、テーブル越しに手を伸ばして私の鼻に指を突っ込もうとする。ちょちょちょっとちょっとこんな真っ昼間に、公衆の面前で。奥さんでもないのに…。いや奥さんでも恋人でもこの社長ならするかもしれない。

ところが、なかなか毛は抜けない。戻ってきた編集者と入れ替わりに、私はトイレに立った。

本好き嵩じて

二ヵ月に一度、近くの小学校にある市民図書室でボランティアをしている。同居している甥と姪が通っていた学校で、十年前、私も父兄参観日や運動会に何度か足を運んだことがある。

教室ひとつ分のスペースが図書室になっている。児童書中心で新刊は少ない。限られた予算でやりくりしているのだろう。

ボランティアの仕事は貸し出し業務と本の整理。来館者は多い日で三、四十人。少ない日は二、三人で、ゼロの日もある。そんな日は校舎全体がひっそりとしている。することがないので、ずっと本を読んで過ごし、一冊読み終えたこともある。

ある日、相方の当番の母親に連れられ二人の女の子がやってきた。一人は幼稚園児で、恥ずかしいのかクネクネお母さんにくっついて離れない。もう一人は小学六年生。母親と言葉を交わすこともなく、一人書棚の間を廻っている。おかっぱ頭が可愛らしく地味で落ち着いている。

このところ小さい子と話したこともなかったので、話しかけてみた。「どんな本が好き?」「冒険物…」「どんな本を読んだの?」「トム・ソーヤの冒険…」「宝島は?」「……」「面白いよ」「……」「十五少年漂流記は読んだ?」「……」「すっごく面白いから読んでみなよ」「……」「おばさんね。あなたの歳の頃、本が好きで好きで毎日お昼休みに図書室に駆け込んでいたの……貸し出し帳におばさんの名前だけずらあっと並んで、先生に褒められた。みんな、石橋のように本を読むんだぞって。…あの頃読んだ本あるかな」

二人で書棚の本をながめて歩いた。「あっ! あった! あった!」「このシャーロック・ホームズも、江戸川乱歩もみんな面白いよ」

少女の目が輝いた。そばを離れずにじっと私の話に聞き入っている。さらに歩いて、『小公子』、『小公女』、『秘密の花園』を見つけた。あの頃夢中になって読んだ本がみんなあった。

少女はやがて、私の示した本を何冊か借り出した。母親が私にぺこりと頭を下げた。

四時まで仕事をし、家並を横に見ながらブラブラ歩いて帰った。空を仰ぐ。緊張がだんだんほどけていき、不思議な充足感に満たされた。

しきりとあの頃が思い出される。私もおかっぱ頭だった。ガリガリに痩せて、「貧乏人に学問はいらない！」と怒鳴る声を背に、風呂焚をしながら中から漏れる灯りで本を読んだ。

さっきの少女はどんな大人になるだろう。

あれから四十年、私は友人たちと出版社を起こした。

その先の小沼丹

小中学生の頃から作文が得意だった。「母をたたえる作文」、「読後感想文」など、作文のコンクールに応募するたび何らかの賞をいただいた。日頃、子どもが鉛筆を持つことを好まなかった母親だが、自分が作文中に登場した時だけは別で鼻高々、近所の人たちに自慢して歩いた。

定時制高校四年の時、「働く青少年の作文コンクール」に応募した。「仕事とわたし」の作文で労働大臣賞を受賞。県民ホールでの華やかな授賞式、受賞作を大勢の前で読み上げた。ＮＨＫのニュース番組にも取り上げられ、新聞社からも取材が来て写真付きで記事になった。職場の人、近所の人たちは感嘆の声をあげ称賛の嵐。一躍「時の人」になった。

母は新聞の切り抜きを箪笥の奥深くに仕舞い込んだ。それは、黄色くなって今もある。

作文は私の特技。自然にそう思い込むようになった。新聞の投稿欄にセッセと投稿し、同人誌の会へも入り短文を発表したりした。書くのは楽しかった。

ところが、ある時期から書くのが苦しくなった。たった一行がどうしても書けない。折しも寺山修司の「書を捨てよ、町へ出よう」の声が聞こえてきた時代。言葉の意味を知ろうともせずに、キャッチコピーに飛びつきペンを捨てた。…カッコよすぎるか。自称「文学少女」で内省的な自分を変えたかったのかもしれない。

あれからおそろしく時間が経った。

今、また書いている。恋人の死を書き留めておきたかった、それだけのはずだった。書いてみると、編集者に「なかなか良いじゃない」とおだてられた。その言葉に励まされ、今度は自分の原点をふりかえりたくなった。二作目を書いた。また褒められた。三作になり四作になった。

ある日、編集者に薦められ小沼丹を手に取ってみた。平凡な日常が平易な文章で綴られている。読む人を飽きさせず、読み終わった後にしみじみとした温かさが残る。

一語一語を紡ぐことは地味で苦しい作業だ。四十年前のあの思いをまた味わっている。性懲りもなく何故また書くのか。深い森に足を踏み入れたように心許ない。その先の小沼丹ははるかに遠い。

私の職場

昼間の高校へ進学することは、家の経済ではとうてい無理だと知っていた私だけれど、いつも皆と同じでいたいという気持ちから、ただ漫然と進学模擬テストだけは受けていた。

中学の卒業まぎわに、どういうわけか、もっと勉強したいと思うようになっていた。昼間がだめなら、働いてでも夜間高校だけは卒業したいと言った時、家人はまっこうから反対した。「女に学問は必要ない」という考えと「夜の勉学は身体に無理だ」との考えからだ。

後者にはうなずけたが、前者はあまりにも封建的だ。その反発もあって、担任の先生にわざわざ家へ来てもらい、やっと家人に納得してもらった。

近くの総合病院へ就職が決まったが、学校へ通う都合から、寮に入ることにして、労働と勉学のいわゆる二兎を追う生活が始まった。私に与えられた仕事は、義歯等を作る歯科技工士――その助手の、歯科技工助手といういかめしい名称である。事務をとるとばかり思いこんでいた私だったが、この時は、腹も立たなかった。考えてみれば、私のような半人前の中卒者に大病院の事務なんてやれるはずがないのだ。ただその時、自分がひどく小さなものに感じられた。仕事は助手なので、責任のあるものは少ない。むしろ楽な方である。つらいのは、対人関係のむずかしさで、今までずいぶん自分なりに悩みもし、矛盾を感じてきた。

歯口科は、治療室と、技工室とからなっている。仕事は別個のものである。しかし、治療室が忙しい時、人手の足りない時はこの部屋から手伝いが出る。これは別にかまわないが、反対の場合、つまり技工室の忙しい時、そういうことは全然ないのだ。

また、技工士というのは、職員ではなく、その仕上がりの割合で給料が支払われている。職員である私は、一体どこまでが自分の仕事の分限であるか分からない時がある。技工士さんの仕事の邪魔はしたくない。かと言って、遠慮して言われただけの仕事をしていると、もっとやれるはずだというふうにも他人は考えているらしい。この間に立って私は、いまだに他人の言うがままにしか働けない自分をもどかしく、また情けなく思う時がある。

お茶をいれたり、皆の汚れた白衣の処理をしたり、雑役は努めて私がやるようにしている毎日ではあるが、時折、腹の立つことがある。この仕事は、私がやるべきだと決まっているわけではない。他の科では皆、分担してやっている。そう思うと、時には手を出したくないこともある。出さない方がよいと思うことがある。しかし私がとりかからない限り、他の人は、まるで約束事のように相変わらず知らん顔をしている。私は〝ひがみ根性〟ということを考えてみる。自分はひがんでいるのだろうか。自分の存在について。そうだとしたらなんといやな自分だろう。他の職員と同じ待遇を要求しているのだろうか。すると肯定する答えと、否定する答えと、二つが必ず出て迷うのだ。そんな時、私は無理に心を空虚にしてしまい、今まで通りにするのだが、お茶の後を片づけていると、またもや腹が立ち始めるのである。みかんの皮やら何やら、いかにもだらしなく散らしてあるのだ。非常識と私の心の寛容（そういうことのできるものがもしあれば）との闘争の毎日、このやや憂鬱の毎日の経験が、いつかは役に立つ日があるのだろうか。今の私のいくじない立場では、役に立つ方を信ずるより外しかたがないのである。

職場と学校との両立はたいへんでしょうと、人に皮肉まじりに言われる事があるが、私はそうでもないと答える。授業中、いねむりに勝てず、ついうつらうつらしてしまう私、一日ぐらい休んだってかまわないだろうと、つい気を許してしまうことがある私だから、その答えは、確かに、強がりのひびきをもって人に聞こえるかもしれない。が理由もなく学校はよいのである。気をはらないで、気持ちを落ち着けられる場所だからかもしれない。

労働の喜び――というのを私はまだ味わわない。あのようなことを指すのかなあと、時折り思い当たることもあるが、やはりどこかが違う。もっと張りつめた一分のすきも許されない仕事をしてみたい。私の考えはぜいたくなのだろうか。世の中の大部分の人は、ある程度は、あきらめた感じで仕事をしているように思える。それでもしかたのないことなのだろうか。それが世の中なのか。

私には納得がいかない。

私はまだ、具体的に、何の仕事につくか、決めていない。がそのうち、自分に一番よい生き方を見つけて行こうと思う。それにはまず勉強だ。私の大好きな——とまでいかないが、その夜の勉強だけが、いつかそれを発見させてくれるだろう。その事を信じて、これからも進んで行こう。

（働き始めの若い日に、「働く青少年の作文コンクール」に応募した作文）

趣味は請求書がき？

初めて管理職になったのは三十数年前、私が三十歳過ぎの頃だ。折しも時代は大型コンピューターから小型のオフィスコンピューターに代わった頃で、ＯＡ機器の各メーカーは続々と新製品を発表した。

その中にワードプロセッサ専用機があった。いわゆるワープロである。まず、東芝が現在のコピー機ほどの大きさのワープロ専用機をだし、富士通、シャープなどがあとを追った。どのワープロも一台三百万円以上した。各会社に最低一台は入り飛ぶように売れたという。文書はそれまでタイピストがタイプライターで打っていたが、それに替わる文字入力機としてワープロは斬新だった。何より素人でも無理なく入力でき、記憶できる機械なのだ。

ちょうど職探しをしていた私は、シャープの代理店がアルバイトのオペレーターを広く募集しているのをみつけ飛びついた。二十人ほどのオペレーターが採用された。ワープロに触ったことのない初心者ばかりだった。

さっそくディズニーランドのマニュアル作りが始まった。その作業にあたったシャープのワープロは、一行のみのディスプレー。事務机にちょこんと乗る幅五十センチ、奥行き三十センチ、厚さ十センチのコンパクトな箱型で、あんなオモチャのような機械で大量のマニュアルを作成したことを思うと隔世の感がある。

その後アルバイトの中から社員が選ばれ、またその後、女性のみのワープロ入力サービスとインストラクターの派遣業の部隊が作られた。私がその長に選ばれた。なぜ私かといえば、オペレーターとして優秀だったからではなかったろう。上司に現場の状況を示し、このようにした方がいいのでは、と仕事に対して前向きに意見を述べたのだ。その意見に私心は含まれていなかったはずだから、上司はやる気のある人間と評価してくれたのだろう。

部署をまかされ、やる気満々の私はせっせと働いた。売り上げを毎日気にし、管理した。自分の給料は自分で稼ぐ。身体で覚えた。

今、小出版社の役員をしている。営業の責任者でもある。契約書を作るとき、請求書を書くとき、ホッと胸をなでおろし、明日を信じられる気がする。趣味は請求書がきとうそぶいているが、半分は本心だ。

V

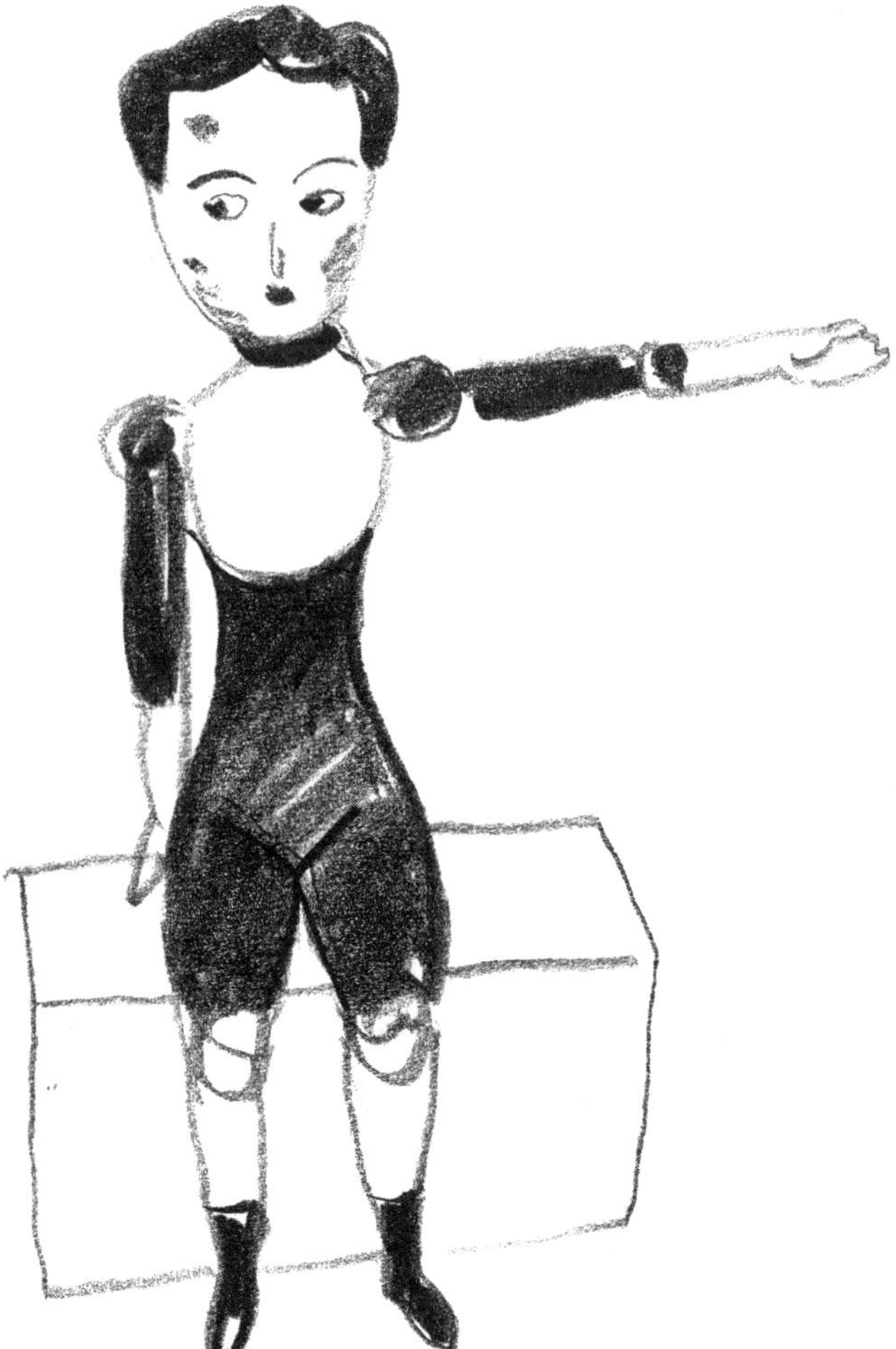

これでおしまい？

久米宏が「ニュース・ステーション」を来年三月で降板するんだって。ある朝、甥が私と顔を合わせるなりそう言った。番組が始まってから十八年経つという。

振り返ればその時間はちょうど我が家の歴史と重なる。

十八年前、妹は子ども二人をかかえ離婚。たまたま独り身だった私との同居生活が始まった。それから十八年が経ち、三歳だった甥は大学生になり、五歳だった姪は学校を終えて就職した。久米さんの頭には白髪がチラチラと混じり、私たち姉妹も確実に中年のおばさんになってしまった。

私と妹にとって、久米さんは憧れの男性だった。ダンディなのに気取らず、テンポのよいストレートな語り口が小気味よい。「ニュース・ステーション」を観るのが日課となった。子どもたちもそれを観ながら育った。テレビをつければ久米さんがいる。きょうも明日もそれに続く日も…。ところが、いつの頃からか久米さんは元気がなくなった。筑紫哲也さんの「ニュース23」の方が面白くなった。

永久に続くものなんてないのだと思う。

漠然とだが「最後」について考えるようになった。久米さんのせいなのか秋風のせいなのか年齢のせいなのか。最後はいつくるのか。どんな風に迎えるべきか。仕事の、親との、兄、姉妹との。友人との…。

だいぶ前に読んだ山田風太郎の『人間臨終図巻』が面白かった。古今東西の実在の有名無名の人の最期が上下二巻にわたって描かれている。続けて読んだ彼の『あと千回の晩飯』、『コレデオシマイ。』も面白かった。しばらくして、彼は本当に題名どおりに逝ってしまった。

ポン、ポン、終わりかけた化粧水のビンを逆さに打ちつける。一滴、二滴、まだある。顔につけ、また振ってみる。まだある。まだある…

「これでおしまい?」

山田風太郎のことばが遠くから聞こえてくるようだ。彼の最期は、ほんとうはどうだったのだろう。

家族のかたち

目が覚めたら十一時。久しぶりの休日。厚切りのトーストにマーガリンとジャムをぬり、チャイを飲む。野菜不足だから真っ赤なトマトをサラダにしよう。ガラス張りのリビングから外を見る。京葉線の電車が遠くを走っていく。ベランダで白いものが風に揺れている。角ハンガーにバラが数本、洗濯物を干すように逆さに吊してある。きっと妹だろう。数日まえ花束をかかえて帰ってきたのを憶えている。

この春、妹は高校卒で入って、三十三年勤めた会社を辞めた。堅実で、なおかつ母子家庭の彼女にしては大胆な決断に思われた。退職金を増額する会社のリストラ策に応じたのだ。

一つの職場に何十年も勤務できる妹。その都度理由を見つけては転々と職場を替える姉。いい人で、誰からも悪意をもたれないおとなしい妹。気が強く、言いたいことをズバズバ言う姉。身近なことに喜びを見つけ、それで満足しているように見える妹。外の、得体の知れない見えない何かをいつまでも追っている姉…。そんな姉妹が同居するようになって十五年が経つ。

妹は高校卒業後、電々公社に就職した。堅い「いい」ところに就職が決まったと家族一同大喜び。二十代半ば、はじめてオトコにモーションをかけられ職場結婚。私を「ネエさん、ネエさん」と呼ぶ甘え上手な義弟だった。子どもが二人出来た。

どこにでもある幸せな家庭…だったはずが義弟、遊びが過ぎて借金をつくった。自分で後始末をつけられず、しりぬぐいを妹と二人の家族がすることに。周囲は義弟にいきりたつ。それでも、妹は離婚するとは言わなかった。しかし、過ちが二度三度繰り返され、妹もとうとう決心がついたようだった。家族会議を開き、ついに離婚することになった。

私が、ちょうどうまい具合に独り身だったので同居がよいだろうということになり、一つの家族がつくられた。実家の母親は姉の私によろしくと頭を下げた。

一歳の男の子、三歳の女の子。可愛い盛り。姉が父親役。妹が母親役。半年に一遍くらいの割合でけんかはあったが総じてうまくいっていた。四人の「家族」は永遠に続くと思われた。いや、そんなことを意識することすらなかった。

男の子は今年大学に。女の子は大学を卒業し就職。「姉と妹」対子どもたちの図式が、いつの頃からか姉対「妹と子どもたち」に変わっていた。自然のなりゆきというべきか。

ベランダのバラは家の中に戻されていた。いつの間にか白が薄いピンクに変色している。

私の家族はこれからどう変わっていくだろう。

ずっといっしょだよ

銀座のアンティークショップで美しい少女と出会った。

肩までの黒い髪、透き通った白い頬、つぶらな瞳。水色地に赤の花模様の入ったちりめんの着物。同じくちりめんの赤色のエプロンをしていた。

店の奥でひっそりと私の方を見ている。その瞳は儚げで。もう後にはひけない。家に連れて帰った。四十センチほどの日本人形だ。

「いいでしょう⁉」

得意気に家族に言いながら出窓に座らせた。

「うん。かわいいけど…」

何故か反応はいまいち。じっと見つめられる気がしてコワいという。しょうがないなあ。自分の部屋の机に座らせた。確かにこちらを見ている様はしーんと静かだし、視点の定まらない眼は人形という物を超えて意思がやどっているような感じがする。得体の知れない畏れがひろがってくる。

そうだ、会社に連れていこう！　なにせ一緒に会社を起こした肝胆相照らす仲間だもの。この美しさをきっと解ってくれるはずだ。

「うん。いいね。こんなにかわいいお人形さんは観たことがない」

やっぱり。社長のその言葉で事務所の棚に座らせた。

ところが数日経った頃、スタッフが浮かない顔をして遠慮がちに私に言う。夜残業をしていると薄暗い向こうからじっと見られている気がして落ち着かないのと。駄目か…家に連れて帰った。

それからだ。今まで他所事だと頓着しなかった人形にまつわる話をいくつか聞いてまわった。中には怨念や、気味の悪いたたりの話もある。信じたくないけれど、そういうこともあるのかしら？

でも、だからといって銀座から連れて帰った責任が私にはある。ここで手放したり、押入れにしまい込むなんてとてもできない。

作家はどんな人だろう。どんな思いをこめてこの美しい人形を作ったのだろう。できれば会って尋ねてみたい。私の許にくるまで何人の手に渡ってきたのだろう。手放されたのは何故だろう。

この子は今まで幸せだったのか？　今、わたしの許で満足しているのだろうか。

ずっといっしょだからね！　ときどき黒髪をなでながら囁きかけている。

思い出の白

坂の塀にからまる蔦の葉が日に日に色づいてくる。今年の冬は案外早いのかもしれない。

ちらちらと降る雪がもうそばまで来ているようだ。

二十代の頃、冬になるとスキー旅行によく行った。志賀高原。苗場。蔵王。回数をかなり重ねたのに運動オンチの悲しさかちっとも上達しない。結果ボーゲンでなだらかな斜面を降りる程度が精一杯だった。

苦い経験もある。上手い人たちのグループに入ったはいいが、私だけ皆に付いていけなくてコブだらけの斜面をコブの数だけ転びながら滑り降りた。下でかなりの時間待ってくれた仲間の顔を見た途端涙が出てきて止まらなかった。

妹の友だちと一緒だったのだが、それまで「お姉さんお姉さん」と慕われていたのに、帰路は「飛んだお姉さん」になってしまった。

北海道のニセコ、富良野に行ったのは二十代も終わりの頃。職場の女友だちに誘われ飛行機でツアーの中に交じった。彼女は上級の腕前だったが一緒に行くはずの友人が行けなくなり、急遽私におはちが廻ってきたのだ。

スキーについて己れの能力をいやというほど思い知らされてきた私は、彼女の迷惑になってはと、自分から申し出てスキー場では別行動をとることにした。

想像通り北海道のスキー場は雄大だった。雪質もサラサラとして本州の比ではない。話し相手のいない一人スキーはつまらないが、私の楽しみはむしろ夜の「丘スキー」。

その夜、ホテルの廊下で洗い晒しのブルージーンズに白シャツの若者に声をかけられた。好みのタイプ。私たちと同じツアー、男三人で来たのだという。そうとなったら話は早い。誘われて男たちの部屋に女二人で遊びにいった。夜はまだまだ更けそうもない。

三人は東京から来たという。真面目そうなフツウな感じが好ましい。私のお目当てのブルージーンズはどうも浅草の老舗の若旦那らしかった。

酒もまわりそろそろ電話番号を訊こう、老舗の女将になれるチャンス！と自分をけしかけた矢先の出来事。男の中の一人が急に立ち上がりトイレに行くのかと思って見ていたら、いきなりズボンの前に手をかけた。あっという間もなく横に積んであった真っ白なふわふわなフトンが見る見るベージュに染まっていく。私より五、六歳年下の隣の女友だちは両手で目を覆っている。残り二人の男は私と同じように男のそれに見入っている。少し経ってから事情が呑み込めた。トイレと間違えたのだ。

急に部屋の空気が重くなり誰も言葉を発しない。居たたまれなくなった女二人はそそくさと部屋を出た。

翌朝彼らの部屋の前を通ったら廊下にあのフトンが積み上げられていた。

いよいよ東京に帰る日。食堂を、土産物売場を、必死でブルージーンズ姿を捜してみたものの一向に見付からない。あのオシッコ君はいた。おはようと声をかけたが、目をそらして向こうに行ってしまった。老舗の女将の夢はあえなく消えた。

♪冬が来る前に
　もう一度あのひとと　めぐり逢いたい♪

会社への坂を上がりながら口ずさんでみる。三十年経ってなつかしく思い出されるのはブルージーンズでもオシッコ君でもなく、惨めになる前のふかふかフトンの白さ。

かれーしゅう

三軒茶屋でAとスパゲッティを食べた。

私はイカと明太子。彼はイカスミ和え海の幸。それとビール。

突然Aが、「ぼく、B子と結婚しようと思うんだけど…うまくやれると思う?」「まだモーションかけてないけどさ」そう付け加えながら言った。

知り合ってから何度聞いたか知れないセリフ。またかと思ったが五秒くらい間をおいて、「そうねえ。ステキな人だとは思うけどけっこう大変なんじゃない。相手のぐちゃぐちゃを丸ごと引き受ける覚悟があるかどうかだわねぇ」と、私は答えた。

隣で椅子を引く音がした。見れば齢七十をとっくに超えているだろう女性が席に着いたところだった。

Ａを見ると目の焦点が定まっていない。私の話がつまらないのか？

十数年前の光景が甦る。居酒屋でＡと二人、美味い酒を飲んでいた。ところが突然Ａが怒り出した。「きみは何てつまらない人だ！」訳が判らなかった。男らしさ、女らしさの話を私がした直後だった。訳も判らず涙があふれた。そして、Ａと別れ、べつの道をとぼとぼと帰った。

今は判る、あの時のＡの苛立ちが。ありきたりの言葉はつまらない。どんなに拙くても自分なりの言葉をしゃべれ。その思いが理解できるようになるまでには相当の時間が必要だった。

店を出て三軒茶屋の駅まで歩く。ビールの酔いが心地よい。Ａが言った。

「さっきの人、アレは、かれーしゅうというものだな。臭いがきつかった」

「えっ？　カレー臭？」スパゲッティ屋なのにカレーの臭い？　首を傾げる私に、「年齢の匂いってあるんだよなあ」

「加齢臭」を敏感に察知する男と、加齢臭をカレー臭と間違える女は決して交差することなく、今年もめでたく春を迎えたのである。

母の死

母が亡くなった。享年九十三。ひとは大往生だという。私もそう思いたい。けれど、あの時ああすればよかった、こうすればもっと生きられたのではと毎日後悔の念がよぎる。

ぐうたらな夫を持ち、五人の子どもを育てた。働き者で気が強くて涙もろくて可愛かった。草花を育て、野菜を作ることが好きだった。亡くなる少し前にいきなり菜っ葉の種を蒔き始めたという。歩けないので這って庭に出、新聞紙を下に敷いてのことだった。その後庭を眺めることなく臥せった。

今、あでやかなつつじの花の下でそれがひっそりと緑の葉となった。横三列、縦三列、合計九本の菜っ葉。

新緑の美しい五月に逝ってしまった。
今まで私を守ってくれてありがとう。

ラジオ

土曜の朝は午前八時三十分に始まる。TBSラジオ「土曜ワイドラジオTOKYO　永六輔その新世界」を聴くためだ。

六輔のちょっと呂律のまわらない、しゃがれた声が聞こえるとホッと安心。このまま午後一時までは外出しないぞと覚悟を決める。いやその後も「久米宏のラジオなんですけど」があるので、そのままずっと聞いていたいのだが、いつまでも家にいるわけにはいかない。久米宏の切れのよい早口のおしゃべりをしばらく聞いてからやっと外出。ごめんね、久米さん。あなたはまだ先があるけれど…六輔は先だって齢八十に届いたし、なにしろパーキンソン病を患っているからね。

何十年ものブランクを経て、ラジオを好んで聴くようになった。きっかけは二年ほど前のこと。家族とは別に部屋を借り、週の半分をそこで過ごすようになってから。テレビ人間だった私は、一人暮らしは内面をみつめるよい機会だとテレビを置かないことにした。実家ではテレビ三昧、別宅ではラジオ三昧の日々。

久しぶりのラジオは新鮮だった。忘れていた、かつて華やかなりしパーソナリティーの声が流れてきた。ＴＢＳでは永六輔、大沢悠里、森本毅郎、久米宏、遠藤泰子、毒蝮三太夫などなど。眠れぬ宵はＮＨＫの「ラジオ深夜便」。それぞれしっかり現役、しかも面白い。最近ファンになったのはＮＨＫ金曜朝の高橋源一郎。女性アナウンサーを傍に置いての語りはソフトでインテリぶりがさわやか、女心がくすぐられるというものだ。

我が家に初めてラジオがきたのは、たしか私が小学生の頃。日本は高度成長期を迎えようとしていた。幅五十センチ、奥行二十五センチくらいのその物体は大事にタンスの上に置かれ、貧しい漁村の家々を華やかな文化でまぶした。新聞をとっていなかった我が家にとって唯一の都会の風だった。「ウッカリ夫人とチャッカリ夫人」が面白かった。ウッカリ者とチャッカリ者の二人がでてきて損ばかりする人、得ばかりする人との対比が世間を教えてくれた。向田邦子の名を初めて知ったのもラジオだった。森繁久彌のラジオドラマの脚本を手掛けていたと記憶している。

母は九十三歳で亡くなった。テレビが大好きで、ワイドショーを毎日欠かさず観ていた。噂話やタレントのゴシップを知ってること、知ってること。寝込むようになってその大好きなテレビを観ることもままならなくなった。楽しみのない母に何をしてあげようか迷ったあげく、ラジオを買って実家に帰った。機能はいたってシンプル。電源と局の選定だけしかないものを選んだ。母は「ありがとう」と受け取ったが、一度も聴かないまま逝ってしまった。

今そのラジオは私の部屋にあり、永六輔を聴いている。

その時がくる前に——あとがきに代えて

会社の応接間の書棚には創業以来十五年分の本が五十音順に並んでいる。五百冊を超えた。社の歴史であり、営業ウーマンと編集者の努力の結晶。

このごろ著者の何人かから定年退官の挨拶状がちらほら届くようになった。正直、寂しい。あの大学のあの部屋にはあの先生がいる。それだけでホッとし足が向き営業ができていたのに。

著者はどんな心境でその時を迎え、この挨拶文を書いたのだろう。

わたしの日常は、ほとんどが外食で、老後の貯蓄よりもふわふわふらふら実体のない日々の繰り返し。その時は確実にやってくるのに、十五歳のときに頭をもたげた「人はなぜ生きるのか」を未だに問い続けている。

＊

本書に収められている文章は、十年ほど前から不定期に、春風社のホームページに連載したものに加筆訂正したものである。もとより本にする気持ちなど毛頭なく、書きたい題材がみつかった時だけ書いたものだ。そのため、ところどころ内容的に重複するものもあるが、お許しいただきたい。刊行にあたって書き下ろしたものも数篇ある。

今回本にする決心をし読み返してみると、現在よりむしろ上手く書けていると感じたものも少なくない。心情は十年前とそう変わっていない。成長していないということかもしれない。だから、それぞれいつ書いたものかはあえて記さなかった。

作文のような拙い文章をまとめ、こうして本に仕上がったのは、ひとえに春風社社長・三浦衛に徹底して文章を直してもらったこと、社の編集スタッフたちが丁寧に校正してくれたこと、前編集長・内藤寛のセンスある編集のおかげである。気のおけない仲間たちにおだてられているうちに、なんとかゴールにこぎつけることができた。また、身にあまる推薦文をお寄せくださった岸田秀先生、すてきな装いをしてくださった南伸坊さん、感激しています。

ありがとうございました。

二〇一四年六月

著者

【著者】石橋幸子（いしばし・ゆきこ）
千葉県旭市生まれ。
いくつかの職業を経て、出版業界に入る。
倒産を機に、同僚二人と出版社「春風社」を起こす。
現在、専務取締役兼営業部長。

人生の請求書

2014 年 7 月 31 日　初版発行

著者　石橋幸子 いしばしゆきこ

発行者　三浦衛
発行所　春風社 *Shumpusha Publishing Co.,Ltd.*
横浜市西区紅葉ヶ丘 53　横浜市教育会館 3 階
〈電話〉045-261-3168　〈FAX〉045-261-3169
〈振替〉00200-1-37524
http://www.shumpu.com　✉ **info@shumpu.com**

装丁・画　南伸坊
印刷・製本　シナノ書籍印刷 株式会社

乱丁・落丁本は送料小社負担でお取り替えいたします。

ISBN 978-4-86110-410-7 C0095 ¥1300E
JASRAC 出 1408317-401